徳 間 文 庫

アイ・アム まきもと

脚本 倉 持 　裕
著 　黒 野 伸 一

徳 間 書 店

アイ・アム
まきもと

＊　＊　＊

玉砂利が敷き詰められた、墓地の新規分譲地。その上に寝ころび、幸福そうに青く晴れ渡った空を見つめる一人の男。買ったばかりの墓地が、よっぽど愛おしいらしい。

牧本壮《まきもとそう》　四十八歳。

大きな二重目蓋《ふたえまぶた》に、小学生のような坊ちゃん刈り。だがよく見ると、年相応に頬《ほお》の皮膚《ひふ》が弛《たる》み、下目蓋に溜まった脂肪も重々しい。正に「とっちゃん坊や」という呼称が相応《ふさわ》しい風貌《ふうぼう》だ。

とはいえ、四十八という若さでなぜ、墓地など購入したのか。近々死ぬ予定でもあるのだろうか。

ある日の彼は、十字架が掲げられた斎場の、祭壇の前にいた。CDプレーヤーからイントロが流れると、いかにも慣れない様子で讃美歌を歌い始める。音程がおかしい上、出だしが早すぎたので、たちまち「まだだよ」とたしなめられた。部屋の中には神父と葬儀社の人間、それに牧本の三人しかいない。

また、別の日は、お経を上げる僧侶の後ろで、合掌《がっしょう》していた。参列者は、前回のキリスト教式葬儀の時と同じ。彼一人である。

牧本はこれら物故者の身内ではない。彼は、庄内《しょうない》市役所福祉課おみおくり係の職員。市役所の職員がなぜ、参列者がいない葬儀に一人だけ臨席しているのか。身寄りがない無縁仏だから？　いや、身寄りはあるが、引き取りを拒否されたのかもしれない。だから役所が代理で供養している。

しかし、僧侶や神父を呼んで葬儀を行うほど、役所というところは太っ腹なのだろうか。まあこれらに関しては追い追い見てゆくとして、牧本が四十代の若さで墓所を買った理由は、彼の仕事と密接に関係している……と、思ったが、やはり疑問は残る。おみおくり関係の仕事をしている人間（例えば葬儀社の社員など）が全員、若くして墓地を購入するわけではないからだ。

牧本がどういう人間か、もう少し観察してみることにしよう。

1

茶毘《だび》に付され、拾骨《しゅうこつ》が済むと、牧本は火葬場の職員から「またそちらで保管されるのですか?」と尋ねられた。

「ええ。ご遺族から連絡があるかもしれませんし」

笑顔で答え、一礼すると牧本は火葬場を後にした。


庄内市役所では、職員たちが忙しく働いていた。誰も骨壺《こつつぼ》を抱えた牧本になど注意を払うものはいない。

彼らの邪魔をしないよう、そろそろとフロアを横切り、パーティションに囲まれた奥まったスペースに到着。「おみおくり係」という札が掲げられている。ここが牧本の職場である。職員は彼ひとりしかいない。

デスクの下に遺骨が入った箱を置こうとするが、既《すで》に同じような箱で一杯だった。仕方なく箱を脇に置き、椅子に腰を下ろした。黒ネクタイを外し、「ふ~っ」と一息つく。

　これからが本番である。

　ファイルを開くと、中にあったパスポートと書類に目を通した。パスポートには、先ほど火葬されたばかりの人物の、生前の写真が載っている。禿頭《とくとう》の老人である。牧本は受話器を握った。

「もしもし。庄内市役所おみおくり係の牧本と申します。先ほどご尊父様のご遺体を火葬いたしました。お骨はわたしの手元にあります。通常ですと、役所のほうで無縁墓地に埋葬することになりますが――」

　なら、とっとと埋葬して欲しいと、迷惑そうな声で言われた。死んだ男の一人娘である。ずっと前から父親とは疎遠《そえん》になっているらしい。

「受け取りを拒否されたことは、警察から連絡を受けております。ですが、お気持ちが変わっているのではと、ご連絡差し上げました」

　牧本がねばる。

「変わりません」

「そうですか……。それでは掛かった費用ですが、棺桶に五万円。死亡診断書に一万円。お寺には……」

ガチャンと大きな音。プープーという断続的なトーンがそれに続く。毎度のこととはいえ、やはり凹《へこ》む。

「ちょっといいですか」

誰かに声をかけられたが、牧本は葬儀費用のことを考えていた。いったい誰がこれを負担するのか？　課長の決裁が下りるはずがない。ため息をつき、書類の上に「済」のスタンプを押した。

「ちょっといいですか！」

「えっ、あ、はい」

見上げると、肉付きのいい大柄な女性が立っている。このフロアを担当する、清掃員だ。

「困るんですよね。こういうの。あたし、言いましたよね」

「え？」

きょとんとした顔は、まるで老けた小学生のようだ。

「え、じゃないでしょう」

女が骨壺の山に顎《あご》をしゃくる。

「こんなに一杯ため込んで。これじゃ掃除できませんよ。どこかに片してください。蹴《け》とばしちゃったらどうするんですか」

「蹴とばしません」

「あたしがですよ」

「あなたも蹴とばさないようにしてください」

「だから、あたしが蹴とばさないように、どこかに片づけて欲しいと言ってるんです！」

般若《はんにゃ》のような顔で女が怒鳴《どな》った。どう見ても、牧本は迫力負けしている。

「いいですね。今度来るまでに、絶対片づけておいてください。でなきゃ牧本さんのデスク、もう二度と掃除しませんよ。自分でやってくださいね」

大きな尻を振りながら、女は去っていった。

仕方なく牧本は、遺骨を収納できるキャビネットはないかとフロア中を探しまくった。だがどこも書類が一杯で空きがない。たとえあったとしても、骨壺を収納したいと申し出れば、却下されることは目に見えている。

どこか人目につかない、倉庫のような場所はないか。

歩き回っているうちに目についたのが、福祉局長の部屋だった。ちょうど人事異動の時期で、前局長は休暇中。新任はまだ来ていない。つまり部屋は誰にも使われていないということだ。

左右を確認し、素早く局長室に入った。デスクの脇に、大きな木製ロッカーがある。開くと、中は空だった。

終業時間が来て、皆が退所するまで牧本は待った。所内がもぬけの殻《から》になると、牧本は一人、納骨を始めた。

その数日後、牧本は公営アパートの玄関前に立っていた。

「まだ臭《にお》いが少し残ってますけど――」

管理人が断り、ドアを開ける。確かに臭いはあったが、この程度なら何でもない。最初に目についたのは、床についたドス黒い大きな染み。遺体の体液が流れ出たのだろう。死後何日か放置されれば、こういう惨状になる。

「ここにうつ伏せになってましてね」

その時の光景を思い出したのか、管理人がぶるっと身震いした。

故人は一人暮らしの八十代女性。異臭に気づいた隣人が管理人に連絡し、発覚した。いわゆる孤独死というやつだ。

管理人に案内され、奥の和室に入った。壁には冬物のコートが掛けられている。汗ばむ陽気になったのに、こたつが置かれていた。こたつの上には、開いた状態で伏せられたままの文庫本。恐らく読書中トイレに立ち、廊下で発作に見舞われ、帰らぬ人となったのだろう。

文庫本のタイトルには見覚えがあった。牧本もつい最近、同じ本を読んだからだ。棚の引き出しを開けると、身分証明書用のスピード写真があった。故人のものだ。四枚の内、一枚は使用したのか、切り抜かれていた。牧本は写真を持参した茶封筒に入れた。

突然どこからか、「頑張った！　頑張った！」という甲高《かんだか》い声が聞こえてきた。

「故人が飼っていたんですよ」

管理人が襖《ふすま》を開けると、隣室には鳥かごが置いてあった。かごの中にいるオウムが、「頑張った」と鳴いている。

「『おはよう』とか『おやすみ』ならともかく、『頑張った』なんて教えるのは面白いよねー」

管理人が言う。

故人の口癖《くちぐせ》が「頑張った」だったのだろうか。

突然の来訪者に臆《おく》することなく、オウムは「頑張った」を連発した。黄色と緑と水色の、カラフルな羽毛を生やした大型のオウム。今は管理人が面倒を見ているという。

一休みし、ヒマワリの種をついばむと、今度は「コジロー、コジロー」とオウムは鳴きはじめた。

「このオウムの名前ですか?」

管理人は知らないと答えた。

「いや、恐らくそうですよ」

「どうかなー」

「名前がないの、可哀《かわい》そうじゃないですか。この子の名はコジローです」

牧本が確信に満ちた声で言った。

役所に戻った牧本は、原稿用紙を取り出し、暫《しば》し考えると、ペンを動かし始めた。

「生前、故人はペットのオウム、コジローくんに惜しみない愛情を捧げました。また大変な読書家で、旅立たれる直前まで、その知識欲がやむことはありませんでした――」

後日、老女の葬儀が為された。参列者は例によって牧本だけ。祭壇には拡大した老女のスピード写真が飾られている。

雅楽が流れる中、宮司が祭詞《さいし》を読み上げた。

「……御病の床に就き給いし後も、相も変わらず旺盛なる知識欲で読書給い、オウムのコジローくんと『頑張った、頑張った』と励まし合い……」

牧本の仕事熱心さを証明するエピソードは、まだある。

葬儀社の下林《しもばやし》と共に古い民家の前に呼び出された時のことだ。

民家の庭にはポリ袋や、錆《さ》びた三輪車、割れた便器などが山積していた。典型的なゴミ屋敷である。外がこの有様なら、中も同じようにひどいだろう。

「まいったね、こりゃ」

下林が眉間《みけん》にしわを寄せる。

「現場に呼ばれたから嫌な予感がしたけど、まさかここから運び出すの？　警察がやってくれるんだろう」

下林に訊《き》かれたが、牧本は「分かりません」と答えた。

「それにしてもあんた、独特のスタイルしてるね。それって、釣りをやる時のあれだろう」

牧本は釣り用のベストを着ていた。

「まっ、ポケットが一杯ついてるから、便利そうだけど。あっ、戻って来たね」

庄内警察署捜査一課・神代《かみしろ》刑事が、鑑識課員や医師を引き連れ、民家から出て来た。ゴミの山をかき分け、警察車両に乗り込もうとする。

「帰っちゃうんですか？　ちょっと待ってくださいよ」

あわてて下林が引き留めようとした。

「事件性はないから。あとは、そちらの方でよろしく頼みます」

いかにも若手エリートといった感じの神代が、牧本に言った。

「身寄りは？」

「息子さんに連絡がつきましたけど、もうとっくの昔に縁を切ってるって。まあ、直接話してみてはいかがですか？　では、わたしたちはこれで」

「ちょっと待ってくださいよ！　遺体はどうするんですか」

下林が眉根《まゆね》を寄せる。

「どうするって、運んでよ。あんた葬儀社だろう」

神代も気色ばんだ。

「そりゃ、火葬場まではこっちが運ぶけどねー。家ん中から運び出すのは、警察の仕事でしょう」

「そんな決まりはありませんよ」

「いや、ありますよ。あたしゃこの仕事四十年やってんだ」

ブンブンと耳障りな音を立て、ハエが飛び交うゴミ屋敷に突入し、遺体を運び出すことには、さすがのベテラン下林も二の足を踏んだ。

初老の下林と、まだ三十になったばかりの神代がにらみ合う中、牧本が釣りベストのポケットからメンソレータムを取り出した。ツンとする軟膏《なんこう》を鼻の下に塗り、「よし」と気合を入れるや、牧本は颯爽《さっそう》とゴミの山の中に分け入っていった。

「おいおい、牧本さん。行くのか?」

下林が声を上げる。

「一人じゃ大変だから、あんたも手伝ったほうがいいよ」

神代が踵《きびす》を返した。

「いや、これは葬儀社の仕事じゃない。警察の仕事だよ」

「そんな決まりはないって言ってるでしょう」

ゴミを掻《か》き分け、戦車のように突進する牧本と、そそくさと立ち去ろうとする神代を交互に見ていた下林は、舌打ちし、牧本の背中を追いかけた。

「待ってよ、牧本さん。あたしも行くから。あんた、根性あるなー」


結局、ゴミ屋敷で事切れていた男性の息子も、遺体の引き取りを拒否した。

毎度のことながら、牧本は一人だけで葬儀を行い、遺体を火葬し、骨を拾った。とはいえ、この調子で骨壺が増えれば、やがて局長室のロッカーが満杯になってしまう。また別の収納場所を見つけねばならなくなるが、役所にはもはやそんなスペースはありそうもない。

「仕方ないか……」

牧本は決意を固めた。

庄内市の市営墓地は、風光明媚《ふうこうめいび》な小高い丘にある。牧本もここで分譲された墓地を購入した。

一般の墓地から離れた場所に、ひっそりと佇《たたず》む大きな墓石。「無縁仏の塔」と彫られたこの場所に、牧本は骨壺を抱え、やって来た。

墓石の扉を開錠すると、中にはたくさんの骨壺が納められていた。もうすぐ溢《あふ》れ出てしまいそうな勢いだ。それぞれの骨壺には、氏名、享年《きょうねん》、住所の他、簡単なプロフィールなどが記載されている。

牧本は持参した骨壺を納め、扉を閉めた。線香を上げ、合掌していると、ひとりの女性が近づいてくるのが見えた。

「お知り合いが眠っておられるのですか?」

牧本が尋ねた。

「えっ?　……いえ、そういうわけじゃないんですが、ここって、無縁墓地ですよね」

「そうです」

「うちのお墓はあっちにあるんですけど、お墓参りのついでに、こっちに来たんです。何だか可哀そうになっちゃって」

女性が牧本の脇に立ち、合掌した。

会釈して女性が立ち去ると、牧本は購入した分譲墓地に歩いていった。そして玉砂利の上に寝ころび、伸びをしながら大空を見つめた。ちょっと嬉しいことがあると、ここに来てこうするのが習慣になっている。

今日も空は晴れ渡っていた。

こんな牧本の普段の生活は、いったいどんなものだろうか?

例えば横断歩道を渡る時。信号が青でも、牧本は左右を二度確認してから渡る。

これは小学生の時、担任の先生から「横断歩道を渡る時は、右を見て左を見て、また右を見て左を見てから渡りましょう」と教え込まれたからだ。あれから四十年経った今でも、教えを忠実に守っている。

そればかりか、ちょっと前までは、手を挙げて渡っていた。

挙げるのをやめたのは、一緒に渡っていた通学途中の女子児童に「大人は挙げてはダメ」と叱《しか》られたからだ。

「なぜダメなんですか」

牧本が質《ただ》すと、女児は「ダメだからダメなの！」と眉をつり上げた。

女児は正しかった。

その日の夕方、横断歩道を渡ろうと手を挙げるなり、すっとタクシーが停まったからだ。

「なんだ、乗らないの？　こっちは忙しいんだから、冷やかしはやめてくれよなっ！」

運転手に怒鳴られた。

「いえ、あの……」

結局牧本は、駅に向かうはずが、タクシーを使う羽目になった。

身なりは清潔に保っているが、ファッションには一切興味がない牧本である。

機能性を重視するから、ポケットがたくさん付いた釣りベストを着用している。職場だけではなく、プライベートでも着ているのに、魚釣りをしたことは一度もない。

独身。彼女なし。兄弟もなし。両親は既に他界している。

独居しているのは、古い公営住宅。仕事が終わるや真っ直ぐ家に帰り、九時には就寝する。三十年近く役場に勤務しているが、仕事帰りに同僚と飲みに出かけたことなど一度もない。そもそも下戸である。

外食はしないが、料理もしない。夕食には宅配総菜を温め、コメは電気釜から、総菜は鍋から直接食べる。それも立ったまま食べる。こうすればテーブルは汚れず、洗い物も最小限で済むからだ。

キジトラのオス猫を一匹飼っている。名前を「ゴロツキ」という。目つきが悪いので、こう命名した。元々は野良だった。小ぶりなのに、自分より身体《からだ》の大きな猫に果敢に向かっていく姿を、何度か見かけたことがあった。

三ヶ月ほど前、外廊下にうずくまっているのを発見した。無視して玄関を開けると、招かれてもいないのに、サッと家の中に入って来た。よく見ると怪我《けが》をしている。喧《けん》嘩《か》をしたのだろう。傷口を見ようとするなり、シャーっと威嚇《いかく》されたが、出された餌《えさ》はきちんと平らげた。

その日からゴロツキは、居座るようになった。別に飼ってやると言った覚えはないのに、勝手に居間を占拠し、腹を見せて眠りこけている。

ある日の晩。

夕食を終えた牧本はデスクに座り、アルバムを開いた。アルバムには実に多彩な人物の写真が収められていた。農家の女性。小学校の校長先生。剣道の師範。プロペラ機のキャビンアテンダント。鋳物《いもの》工場の工員。真っ赤なドレス姿の女性——軍服を着た男性もいる。性別、年齢、撮影された場所もばらばら。これまで牧本が一人で見送ってきた大勢の人々の写真だ。

牧本は茶封筒から、先日葬式を挙げた老女のスピード写真を取り出した。アルバムの余白に写真を貼り付けると、目をつむり、合掌する。

「コジローは元気にしてますから、ご心配なく。管理人さんが世話をしてくれてます。安らかに成仏してください」

アルバムを閉じ、猫タワーで眠っているゴロツキの頭を撫《な》でた。ゴロツキは迷惑そうに薄目を開け、牧本にメンチを切った。

何気なく窓から向かいの棟を見た。

窓に明かりはついているが、人が動く気配はない。

牧本はカーテンを閉め、大きなあくびをすると、寝室に向かった。

2

牧本は、庄内市で事業を営む父親と、専業主婦の母親の間に生まれた。一人っ子である。

小さい頃はそこそこ裕福で、休みになるとブランド物の服を着せられ、デパートや遊園地などに連れて行かれた。

母親は真綿に包《くる》むように、牧本を愛《いつく》しんだ。牧本が生まれる前に、二度流産したことも影響しているのだろう。父親も、母親ほどではないにせよ、息子に大いなる愛情を注いだ。

このような育て方もあってか、牧本は諍《いさか》いを好まない、おっとりした子どもに育った。クマとネコのぬいぐるみを愛し、二匹を抱きしめながら眠った。枕元にはいつも母がいて、寝入るまで絵本を読んだり、子守歌を聴かせてくれたりした。

幼少時の牧本は幸せだった。

変化が訪れたのは、幼稚園の年長組に上がったばかりの時。

母が急にいなくなったのだ。

「ママは、どこに行ったの？」

父に訊くと、遠い所だと言われた。なぜか目が真っ赤に腫《は》れ上がっていた。いつ帰ってくるのか尋ねても、はっきりとは答えてくれなかった。

「今からお出かけだよ」と、牧本は少し小さくなったダークグレーのズボンと、白シャツを着せられた。ちょっと前に母に買ってもらった、水色のズボンの方がいいと言ってみたが「ダダをこねるんじゃない」と一蹴《いっしゅう》された。

連れて行かれたのは斎場だったが、幼い牧本には、黒ずくめの大人たちが大勢集う不思議な場所としか映らなかった。

祭壇には母の写真が飾られ、部屋中に蚊取り線香のような臭いが漂っていた。

最後のお別れの際、牧本だけが棺桶に近づくことを許されなかった。大人たちが涙を浮かべながら、大きな箱の中を花で飾るのを、不思議そうに牧本は見ていた。

母が遠くへ行ってしまってから、父親は変貌した。

牧本がぐずると大声で叱り、時には手を上げることもあった。夜中に家に帰るようになったので、父の姿を見かけるのはいつも朝。ベッドではなく、居間のソファで服を着たまま寝ていた。父からは、強烈なアルコールの臭いがした。

家政婦が週に六日来て、炊事や洗濯をしてくれたので、普通の生活を送ることはできた。しかし、ある日を境に、ぱったりと来なくなった。父の事業が暗礁《あんしょう》に乗り上げ、生活費を切り詰めねばならなくなったからだ。

牧本は、父の姉夫婦に預けられた。

伯母《おば》の家には、同い年の玲子《れいこ》と、一つ上の正和《まさかず》という従兄妹《いとこ》がいた。しかし、二人とも友好的とは言い難かった。

特に玲子は露骨に牧本を毛嫌いした。何をしたわけでもないのに「気持ち悪い」と言われ、牧本が使った食器やタオルに触れることを拒んだ。

女友だちが部屋にいる時、偶然廊下を通りかかったりすると、射るような視線を寄せて来た。そして友だちの耳元で何やら囁《ささや》くなり、彼女も玲子同様、嫌悪の籠《こも》った眼《まな》差《ざ》しで牧本を見るのだった。

正和とは同じ部屋で寝ていた。

いつも、学校から帰るや、バットとグラブを持って仲間と共に公園に走っていく正和からは「お前はドンくさいから、一緒に来るな」と言われていた。

玲子のように露骨に嫌うことこそなかったものの、牧本と積極的に交わることを正和は拒んだ。

幸いスポーツ万能の正和は、マンガも好きだったので、部屋はマンガ雑誌で溢れていた。主《あるじ》のほとんどいない部屋の中で、牧本はマンガを読んで過ごした。

とはいえ、マンガにはとても嫌な思い出がある。

小学校低学年の頃、正和の部屋で読んでいたのは、いわゆる「学習マンガ」。「小学一年生」「小学二年生」……と読み進めていったが、ある時期からクラスの男子は、学習マンガから離れ、別のマンガ雑誌に熱中し始めた。

ある日、クラスのいじめっ子集団が、にやにや笑いながら牧本の席にやってきた。

「こういうの知ってる?」

いじめっ子の一人が後ろ手に隠していたものを、牧本に見せた。ページが開かれたマンガ雑誌だった。

覗き込むや否《いな》や、牧本は悲鳴を上げた。

描かれていたのは、血しぶきと共に首が飛んだ、女の人の画《え》だった。

いじめっ子たちは、目の玉をひん剝《む》いて恐怖に震える牧本を見て、げらげらと笑った。

「マンガ、好きなんだろう。いつも読んでるじゃん。貸してやるよ、これ」

「いっ……いい」

「貸してやるよ」

いじめっ子が牧本の胸に無理やりマンガを押し付けた。女性の首が飛んでいる画など、触るのも怖かった。学習マンガにこんな恐ろしいシーンはない。

反射的に飛び退《すさ》った拍子に、近くにいた女児にぶつかった。クラスで一番小柄な吉《よし》田《だ》という子だった。

弾き飛ばされた吉田は転倒し、床に額《ひたい》を打ち付けた。

「痛い、痛い……」

うめき苦しむ彼女のところに、クラスの女子たちが集まってきた。

「さっちゃん、大丈夫？」

「先生呼んできて！」

「保健室に行かなきゃ」

「おでこ、痛そう……」

騒ぎ立てる女子たちを尻目に、牧本はおろおろするばかりだった。

「ご……ごめん」

だけど、わざとぶつかったわけじゃない。そもそも、こんなおぞましいものを押し付けられなければ、ぶつかることもなかった――。そう言いたかったが、言葉にならない。

「お前、大げさすぎんだよ。ぜんぜん怖くねーだろ、こんなの」

いじめっ子が、首が飛んだ女の画を、今度は牧本の顔面にこすり付けた。

「うわっ！　やだやだやだやだっ！　やめてってうわ～っ！」

牧本の悲鳴と、男子たちの馬鹿笑いが交錯《こうさく》した。

吉田を介抱していた学級委員長の女子が顔を上げ、牧本を睨《にら》んだ。

「うるさい！　騒いでないで、もっときちんと吉田さんに謝りなよ、牧本くん」

「ごめん。でも――」

「でも何？　ぶつかったあんたが百パーセント悪いに決まってるじゃない。今みたいにふざけてるから、こんなことが起きるんだよ。休み時間に大声ではしゃぐなんて、まるで一年生みたい。あたしたち、もう四年生なんだよ」

クラスで一番口が達者な委員長を前に、牧本が口をつぐんだ。

「何ふてくされてるの？　言いたいことがあるなら、男らしくはっきり言いなさいよ」

玲子といい、委員長といい、女子という生き物は本当に怖いと牧本は思った。

「あっ、こぶができてる！」

「たいへん、早く保健室、保健室」

両脇をクラスメートに抱えられ、吉田は教室から出て行った。

放課後、牧本は担任の加藤《かとう》先生に職員室に呼び出された。

加藤は、大学を出たての若い男性教諭である。

学生時代ラグビーをやっていたせいか、まるで冷蔵庫のように分厚い身体をしていた。だが身長はそれほど高くなく、ヒールを履いた女性の頭が加藤の背丈を超えることもしばしばあった。

「おっ、来たな、来たな。このひょーろくだま」

笑顔で言いながら、加藤はグラブのような掌《てのひら》で、牧本の髪の毛をがしがし掻き回した。頭をねじり取られるのではないか、と思うほどの力だった。

加藤にひょーろくだまと呼ばれるようになってからずいぶん経つが、未《いま》だにどんな意味か分からなかった。

加藤はクラスの児童をあだ名で呼んだ。児童との距離を縮めたかったからだろうが、当の児童たちは皆迷惑がっていた。

「吉田のコブは冷やしたら引っ込んだよ。だけど、今度からはやんちゃし過ぎちゃダメだぞ」

加藤がわざとらしく眉根を寄せ、牧本を睨《にら》んだかと思うと、すぐ笑顔に戻り、また牧本の頭を乱暴に掻き混ぜた。

されるがままに頭を揺らしながら、「やんちゃって何だ?」と牧本は考えていた。

やんちゃなんて言われたことは、未だかつて一度もない。自分は大人しい子どもだという自覚があった。

「お前がやっとクラスに溶け込んでくれて、先生、うれしいんだよ。桜庭《さくらば》たちとはよく遊ぶのか？」

桜庭というのは、牧本にあのおぞましい絵をこすり付けた男児だ。

「い、いいえ、遊びません……」

机の上に、マンガ雑誌が置かれていることに気づいた。例の雑誌だった。「少年〇〇」と書いてある。少年向けのマンガに、女性の首が飛ぶシーンがあることに牧本は驚愕《きょうがく》した。

「ああ、これか……」

加藤が雑誌を手に取ってペラペラとページを捲《めく》った。問題のシーンのところで一瞬手を止めたが、特に何も感じていない様子で、残りのページを捲った。

「学校にマンガを持ってくるのは感心しないな」

パタンと雑誌を閉じ、加藤が言った。

「ぼくのじゃないです」

「そうなのか？　なんかマンガ見てはしゃいでたようだけど」

「はしゃいでません。気持ち悪かったです」

「気持ち悪かった？　マンガがか？」

牧本がうなずいた。

「お、女の人の首が出てくるマンガを、無理やり見せられて——桜庭くんに……」

加藤が再びページを捲った。

「これだな」

問題のページを開き、牧本に見せた。牧本は反射的に「ひっ」と後退《あとずさ》った。その反応が面白かったのか、加藤が口元を緩《ゆる》めながら、さらに雑誌を近づけた。

「やっ、やめて……！」

これではいじめっ子の桜庭と同じではないか。

周りにいた教師たちが、何事かと振り向いたが、誰も加藤を止めてはくれなかった。

「なさけねーな～」

加藤が眉をハの字に下げ、鼻を鳴らした。

「だからお前、ひょーろくだまって呼ばれるんだよ」

そう呼んでいるのはあんただけじゃないか、と牧本は心の中でつぶやいた。

「こんなモン、怖がるなよ。これは単なる画だよ画。現実じゃないんだ。くだらないマンガの中の世界なんだ」

現実じゃないと言われても、不気味なものは不気味だった。

「こんなフィクションの世界を怖がってたら、現実の世界じゃ生きていけないぞ。実社会ではもっと残酷なことがたくさん起きてるんだ」

現実社会では、もっとたくさんの女の人の首が飛んでいるというのか！　背筋に悪寒が走り、牧本は卒倒しそうになった。

青白くなった牧本を見て、

「しっかりしろよ、牧本」

と加藤が活を入れた。

「桜庭にこのページを見ろって、言われたんだろう。だったらしっかり見てやれよ。で、『下手糞《へたくそ》な画だね』って、鼻で笑ってやれ。そうすりゃあいつもお前に一目置くようになるぞ」

「……」

「いいか、牧本。男が社会に出たら、七人の敵がいると言われてるんだ。お前、このまま大人になったら、すぐ敵に殺されちゃうぞ」

——殺される!?

子どものケンカは素手でやるが、大人のケンカにはやはり、ナイフや拳銃やミサイルなんかが使われるのだなと牧本は得心した。

「まあ、厳しいことばかり言っちまったが、実は先生も子どもの頃は、結構臆病だったんだよ——」

加藤が急に遠い目をして、自らの少年時代を語り始めた。

好き嫌いが激しく、がりがりに痩《や》せていたこと。近所のガキ大将に大切なおもちゃを奪われ、大泣きしたこと。徒競走ではいつもビリで、みんなからカメと呼ばれていたこと——。

「お前と同じだよ。牧本」

いや、違うと牧本は思った。好き嫌いはそれほどない。徒競走でいつもビリなところは同じだが、自分はカメとは呼ばれていない。ひょーろくだまと呼ばれている。

「今の先生を見て、信じられないと思うだろう？　で、ある日、このままじゃダメだって一念発起して、ちびっこ柔道教室に通うようになったんだ。最初の頃は嫌で嫌でたまらなかったけど、我慢して続けてたら、段々面白くなってきてな。技がきれいに決まって、一本取れた時なんか、もううれしくてうれしくて、おしっこちびりそうになったなあ——」

柔道をしていると腹が減るので、何でも食べるようになった。がりがりだった身体が、次第にがっしりしてきて、今のような体格になった。

「もう誰にもいじめられなくなったし、女の子にだってモテモテだったぞ。先生の受けも良かった。真剣にスポーツをやってる男子は、根性があっていい、みんなも加藤を見習えとか言ってくれてさ。柔道は中学まで続けたけど、もっと走り回る競技がやりたくなってね。高校からはラグビーを始めた。柔道やってたおかげか、先生は飲み込みが早かったようでな。二年の時にはもう、スタンドオフを任されたよ。スタンドオフって知ってるか？　ラグビーの花形ポジションで——」

その後も延々と加藤の、説教の名を借りた自分語り、自分自慢が続いた。俺ってなんていいことを言っているんだ、とでも思ったのだろうか、時おり目頭に涙まで浮かべていた。

加藤の話を聞いていると、全身にとてつもない疲労感が溜まっていった。

「わかったな、牧本」

二時間近くしゃべり通した後、加藤がおもむろに訊いた。

えっ？

牧本は、途中から目を開けたまま眠っていた。

「いじめは確かによくないが、いじめられるほうにだって責任があるんだぞ」

――そうなのか？

加藤のこの言葉だけは頭の中に残った。

「協調性がない。クラスのみんなと積極的に交わろうとしない。好き勝手に、自分だけ楽しいことをしようとする。こんな態度だったら、仲間外れにされたりいじめられたりするのは当たり前だろう」

加藤がポケットからハイライトを取り出し、火を点《つ》けた。煙を大きく吸い込むと、牧本の頭のすぐ上に、ふ～っと吐き出す。

「桜庭たちと同じようにすればいいんだよ。あいつらがどんな喋《しゃべ》り方をしているのか、どんな遊びをしているのか、よく見てみろ。で、真似《まね》てみるんだ」

桜庭たちは自分のことを「ぼく」ではなく「俺」と呼び、休み時間にはドロップキックとヘッドロックの練習をし、授業中は隠れてマンガを読んだり、シャープペンの先っぽで前の席に座っている人間の背中を刺したりしている。

「クラスに溶け込むってのは、そういうことだぞ」

加藤が咥《くわ》えタバコのまま、また牧本の頭をがしがしと撫でた。煙たくて思わず顔をしかめた。


牧本は知らなかったが、加藤は別途桜庭も呼んで、事情聴取を行っていた。

「おい大将」

桜庭のあだ名は大将だった。

「やんちゃはほどほどにしろよ」

桜庭はふてくされたような顔で、小さく顎を引いた。

「でもまあ、男の子だ。男の子は元気なほうがいい。先生も小さい頃は、やんちゃやってたよ。大人になったら随分《ずいぶん》大人しくなったけどな――」

ガリガリでいじめられっ子でカメと呼ばれていたところは端折《はしょ》って、桜庭には説明した。

「牧本も仲間に入れて、一緒に遊んでやれ」

「でも……」

「でも何だよ。牧本には友だちがいないんだ。友だちになってやれ。そうすりゃ、あいつも笑うようになる。今の牧本を見てみろ。いつもおどおどびくびくしてるじゃないか。お前が男の子の遊びを教えてやるんだ。みんなで遊ぶことの楽しさを味わわせてやれ。それがクラスメートってもんだろう」

児童一人一人の個性や嗜好《しこう》を無視して、とにかく同じことをさせれば、全員幸せになれると信じて疑わない加藤であった。

「それからさ。このマンガお前んだろう」

加藤が机の上の「少年○○」を手に取った。

「返してやるから。ちゃんと授業中じゃなくて、休み時間に読むんだぞ」

「はい」

桜庭が手を伸ばすと、加藤はまだだと言わんばかりに引っ込め、ぺらぺらとページを捲った。

「このシーンさぁ、もう一度あいつに見せてやれよ」

加藤が開いて見せたのは、例の首が飛んだ画だった。

「えっ？」

「これだけじゃなくて、他にもえぐいマンガがあったら、どんどん見せたれ。こういうものにも慣れなきゃな。男の子なんだから」

なるほどと桜庭は思った。

「頼んだぞ。大将」

桜庭がにんまりと笑ってうなずいた。先生のお墨付きをもらえるなら、喜んでやってやる。

「だけど、いじめはダメだぞ」

加藤が釘を刺した。こういうことこそいじめであることに、加藤はまったく気づいていない様子だった。

翌日の朝、教室で桜庭と仲間たちがはしゃいでいると、近くで所在なさそうにうろうろしている牧本を目撃した。こちらをチラ見しているようだ。しかし、目が合うと、慌《あわ》ててそっぽを向いてしまう。

桜庭は自分の使命を思い出し、牧本に近づいた。そして、肩を組むような振りをして後ろから腕を回すと、牧本の頭をがっちりと抱え込み、絞め上げた。

「これが、ブルドッギングヘッドロックだ。知ってるか？　ブルドッグってのは咬《か》みついたら、ぜってえ放さないんだぞ。ラッシャー木村の得意技だ」

牧本は両腕を飛行機の翼のように広げ、もがいた。しかしがっちりロックされた桜庭の腕から頭を引き抜くことはできなかった。

「は、放して……」

桜庭は答える代わりにさらに絞め上げた。牧本が「痛い、痛いっ……！」と悲鳴を上げる。だが力を緩めなかった。仲間内でも同じ遊びをしている。加藤からは、遊び方を教えてやれと命令された。

「腰に力を込めろ！　首を思いっきり引け！」

その場にいた悪ガキたちが、はやし立てた。だが相変わらず牧本は、ゆでダコのように顔を真っ赤にして、じたばたするばかりだった。

桜庭が子分の一人に目で合図を送った。子分がにやにやしながら、マンガ雑誌を取り出し、ページを開いた。そこには、チェーンソーで四肢《しし》をばらばらにされた子どもが描かれていた。「少年〇〇」で連載が始まったばかりの、ホラーマンガのワンシーンだ。

おぞましい画を、苦しそうにもがいている顔面に近づけると、一瞬の間の後「ぎゃ～っ！」と野太い叫び声が教室中に響き渡った。

反射的に飛び退いた拍子にロックが解け、牧本はもんどり打って倒れた。

桜庭と取り巻きたちが、腹を抱えて笑った。

「抜けたじゃないか、牧本！」


中学生になると、牧本は父親の元に戻された。

もっとも、不在がちの父親を、家で見かけることは少なかった。牧本は一人で家事全般を行った。とはいえ、食事はレトルトや出来合いの総菜で済ませ、洗濯は週に一度、掃除もたまに掃除機をかける程度だった。

中学校では、男子は猥談《わいだん》に花を咲かせ、女子は恋バナやアイドルトークに夢中だったが、牧本は異性に興味を持つこともなく、ひたすら年少者向けのソフトなマンガや、児童文学全集などを読んで過ごした。クラスメートたちは、そんな牧本に時おりちょっかいを出したが、多くの時間は空気のように扱ってくれた。

高校生になっても、相変わらずクラスで浮いた存在だった。男子高だったので、苦手な女子が周りにいないのが唯一の救いといえば、救いだった。

高三になって程なく、父が亡くなった。酒の飲み過ぎが祟《たた》って、少し前から肝臓の病に冒されていたのだ。

遺産などないも同然だったので、働かねばならなかった。

「それなら地方公務員を目指したらどうかな。生真面目《きまじめ》なきみに、ぴったりな仕事だと思うよ」

進路指導の先生に言われた。

こうして初級公務員試験の受験勉強を始めた。そして、努力の甲斐あって晴れて合格。高校卒業と同時に、牧本は庄内市役所に勤めることとなった。

3

三回目の試験で、ようやく憧《あこが》れの刑事、それも花形である捜査一課の刑事になれた神代にとって、次の目標はいかにたくさんの手柄を挙げるかだった。そのためには、捜査に専念したい。雑事には極力煩《わずら》わされたくない。

そんな希望を打ち砕く人物がいた。

市役所の牧本である。

色々と文句を言ってくる葬儀社の下林はまだいい。一応議論ができるからだ。しかし牧本ときたら、何を言ってもまるで糠《ぬか》に釘。日本語を本当に理解しているのかと、疑いたくなる。

今日も神代は牧本を署の霊安室に呼びつけた。牧本は下林と一緒にやって来た。

「連絡したらすぐに引き取りに来てくれないと、困るんですよ！　これで何度目ですかっ」

憤懣《ふんまん》やるかたなき表情で、神代が声を荒らげた。自分の顔に唾《つば》がかかるほど激しく叱咤《しった》されても、牧本は顔色一つ変えなかった。

「あの～、すぐというのは、だいたい何日以内のことを言うのでしょうか」

「何日とかじゃなくて、すぐですよ。遺体を引き取りにくるのに、どうしてそんなに時間がかかるんですか？」

牧本が答えないでいると、下林が横から口を挟《はさ》んだ。

「まあ、牧本さんにもいろいろあるようですから」

「いったい何があるっていうんです！」

牧本に尋ねたが、相変わらずキョトンとした顔で口をつぐんだままである。これではらちが明かない。

「いいですか。あんたが全然遺体を引き取ってくれないから、別の署の冷蔵庫まで借りてるんです。うちのはいつも満室ですからね。先方から嫌味を言われましたよ。警察は貸倉庫じゃないんだ。もしそう思ってるなら、賃料払って貰《もら》いますからね」

「いくらですか？」

「一千万」

「それはちょっと……もう少しなんとかならないでしょうか」

この男には冗談も通じないらしい。

「ともかく、貸倉庫として使うのはやめていただきたい」

「いえ、冷蔵庫として使ってるつもりですが」

「あんた、警察を舐《な》めてるのか！」

「もういいじゃないですか。牧本さんだって謝ってるんだから」

また下林が割って入ってきた。

「一回も謝ってないでしょう!」

「あっ……どうもすみませんでした」

取ってつけたように謝罪する牧本を、神代は思い切り睨みつけた。


神代はデスクに戻ると、大きなため息をついた。

近ごろ、益々口調が荒くなってきている。ついこの間も、四歳になったばかりの一人娘を叱りつけ「パパ、怖い」と大泣きされてしまった。妻からは「仕事のストレスを娘にぶつけるなんて、最低な父親!」と侮蔑《ぶべつ》された。まったくその通りなので、何度も謝った。四歳ならではの無邪気さと好奇心で、和室の唐紙を引っぺがしただけなのに、大声で叱咤してしまった。

それもこれもすべて、あの男のせいだ。

何を言ってもまともな反応が返ってこない牧本のおかげで、四六時中イライラしている。もっと理性的にならねばと思いつつも、あのすっとぼけた顔を見ると、途端にどやしつけたくなる。

それにしても遺体を引き取るのに、どうしてこうも時間がかかるのか。

単にトロいだけか。

それとも何か別の理由でもあるのだろうか？


翌日、公営住宅の管理人から通報があった。

室内で独り暮らしの住人が倒れているという。急いで駆け付けたが、事件性はなかった。外部から人の入った形跡はなく、現金もカードも盗まれていない。故人は狭心症の薬を飲んでいたので、死因は心臓発作と監察医は結論づけた。

署に戻った神代は「落ち着け、落ち着け」と己《おのれ》に言い聞かせながら、いつもの番号を呼び出した。

＊

「……ええと、仏の名前は蕪木《かぶらぎ》孝一郎《こういちろう》。六十二歳。独身。事件性はありません。身寄りは……甥《おい》がひとりつかまったけど、故人とは会ったこともないそうで。遺体の受け取りは拒否されました……親兄弟はすでに他界してます。ええ、そちらの案件ですよ。住所ですか？　ええと――」

神代からの電話を切った牧本は、動揺していた。

上着に袖を通すなり、役場を出て自宅方面に直行した。途中道が工事中だったので、思わず足を止めた。警備員が迂回路《うかいろ》に誘導すると、牧本はナメクジが這《は》うようなスピードで、そろりそろりと歩いた。

子どもの頃、工事現場の穴に落ちて、足をくじいたトラウマが蘇《よみがえ》ったのだ。以来工事現場では、横断歩道と同じく、細心の注意を払って進むことにしている。警備員が「大丈夫ですから。後が詰まってるんで、もう少し速く歩けませんか？」と懇願したが、牧本の歩調は変わらなかった。

団地に着くと、番地を確認した牧本は「やっぱりそうか」と首肯《しゅこう》した。

あの晩、猫の頭を撫でてやっていた時、何故か正面の棟が気になった。窓から明かりは漏れていたが、人影はなかった例の住戸だ。そこが現場だった。あの時すでに蕪木という老人は事切れていたのかもしれない。

蕪木の部屋の前まで来ると、女三人と管理人がもめていた。

「ずいぶん時間がかかりましたね」

牧本を認めるなり、管理人が非難がましく言った。

「いえ、あの、道が工事中で……」

「ああ。前の道でしょう？　通行止めだったの？　車で来たんですか」

「……いえ、そういうわけじゃないんですが」

「ちょっと、何ごちゃごちゃ言ってるの。早く中に入れなさいよ！」

三人の中で一番体格のいい女が眉をつり上げた。根元が黒くなった金髪に、ミュージカル・キャッツのような化粧。ヒョウ柄のガウンを羽織り、爪に塗った黒と紫のマニキュアは、ところどころ剝《は》げ落ちている。

「どっ、どちら様でしょうか？」

女ではなく管理人に牧本は尋ねた。女は迫力があり過ぎて、まともに顔を見ることすらできなかった。

「ぼくだって知りませんよ」

「債権者よ」

女が言うと、他の二人が「あたしも、あたしも」と口をそろえた。二人とも、大女に負けないくらいド派手な、それでいてどこかだらしない恰好《かっこう》をしていた。

「信じられないわね。あんたたちのところもそうなの？」

「そうよ。ほうぼうツケで飲み歩いてたんだねー」

「うちなんか、とんでもない額になってるわ。回収させてもらうわよ」

「うちが先よ」

「何言ってんの！　うちが先」

「だれがそんなこと決めたの？」

三人が言い争ってる隙《すき》に管理人がそっと鍵を開け、牧本に手招きした。牧本が玄関にダッシュするなり、管理人が扉を閉めた。どんどんどんと扉を乱暴に叩《たた》く音が響いたが、暫《しばら》くすると止《や》んだ。

間取りは牧本の住戸と同じだった。

とはいえ、小ざっぱりしている牧本宅に比べ、蕪木宅はかなり悲惨な状態である。床には脱ぎ捨てられた下着や靴下が散乱している。そこかしこに転がる酒の空き瓶《びん》。つぶれた缶ビール。タバコの焦《こ》げ跡。拳か何かで殴ったのだろうか、壁や襖はところどころ陥没《かんぼつ》していた。

牧本は水たまりを避けるように、床に散乱しているものを避けながら冷蔵庫まで移動した。中にあったパック寿司を取り出してみると、マグロが紫色に変色している。管理人が窓を開け、掌でくぐもった空気を扇ぎながら「死後、二週間経ってたって」と言った。

「二週間ですか……」

「隣の部屋の人から『異臭がする』って連絡があって……ただ、まあ普段から共用廊下におしっこしちゃうような人だったから、まあ今回もそういうあれかなぁって思ってたんだけど、まさか死んでるとはねー。いやあ、びっくりですよ」

なぜ廊下でおしっこをするのかと牧本は訊いた。

「酔っ払ってたんでしょう。ホント、トラブルばかり起こす人だった。夜中に大声出したり、他の住人と喧嘩したり。パトカー呼んだこともあったな」

ふと見ると、食卓の上に免許証や保険証、公共料金請求書などが秩序正しく置かれていた。

「ああ、それね。警察が並べて写真撮っていったんですよ」

免許証に写っていた蕪木は、白髪の長髪。頬は削《そ》げ落ち、年の割になかなか精悍《せいかん》なですよね?」

面構《つらがま》えをしていた。

「まあ、長生きするタイプには見えなかったけど、これっていわゆる孤独死ってやつですよね?」

管理人が、アルコール度数40%と書かれた芋焼酎の空き瓶をいじりつつ、尋ねた。

「わたしが担当するのは、まずそうですね」

「じゃあこういうの、たくさん見てるわけね。やっぱりみんな独身?」

「みんなじゃないけど、独身の男性が多いです」

「そうですか、やっぱりねー。女は年を食っても友だちと一緒に韓流の追っかけとかして、元気いいもの。閉経後に男性ホルモンの分泌が活発になるからって聞いたね。それに比べて男はなー。逆に男性ホルモンが枯渇する一方だから、どんどん内に閉じこもって、酒におぼれて――」

管理人はまだ何やらぺらぺらしゃべっていたが、牧本は無視して奥の部屋に入った。

引き出しを開けると、そこには古い折り畳み式の携帯電話があった。電源を入れようとしたが、画面は黒いままだ。充電器があったので、携帯電話と一緒に釣りベストのポケットにしまった。

部屋の窓に近寄り、開放した。わずかに新緑の香りがする冷たい風が、鼻孔をくすぐる。広場を挟んで目の前にあるのが、自分の部屋の窓だった。目を凝《こ》らすと、薄手のカーテンの向こうに猫タワーが見える。

窓の下には、古いスポーツ新聞やら実話系の週刊誌、青年漫画などが無造作に積まれていた。中を調べているうちに、一冊の分厚い冊子が出て来た。

アルバムだ。

開いてみると、目に飛び込んできたのは、女の子の赤ん坊の写真。次のページも同じ女の子。次も次も……。徐々に大きくなっている。なかなか可愛い子だ。

やがて、小学校中学年ぐらいの年齢まで成長したところで写真は途切れた。最後のページでは、バースデーケーキを前に微笑《ほほえ》んでいる。

牧本はベストのポケットからルーペを取り出した。

ケーキのろうそくは十本ほどある。

ホワイトチョコでできたプレートに「おたんじょうびおめでとう　とうこ」と記されていた。

＊

「……いや、甥の他には身寄りは見つかりませんでしたよ」

受話器を握りしめ、神代が不満気に言った。

「えっ？　何だって？　牧本さん。それはあれですか。あんた、警察の捜査疑ってるの？」

堪《こら》えなければと思いつつ、次第に声が上ずってくる。

牧本は古いアルバムを見つけたと言った。そこには小さな女の子が写っているという。

「――身内かもしれません。とにかく調査したいので、ご遺体のほう、もうしばらく預かってください」

「ちょっと待ってよ！　それは……」

神代が言い終わらないうちに電話が切れた。あわててリダイヤルしようとするも、ひとつ息をつき、神代は受話器を置いた。

アルバムの存在には気づかなかった。

そもそも事件性がないと分かった時点で、自分の仕事は終わったと思った。遺族探しなどに貴重な時間を費やしたくない。そんなことをしても、評価には繋《つな》がらない。他に重要なヤマを抱えている。そちらを優先させるべきだ。だから家の中をろくに調べもせず、早々に引き揚げた。

仏に対して自慢できるような態度ではなかった。牧本が調査したいと言ったのは正しい。彼は自分の仕事を忠実にこなしている。

待てよ――。

神代は虚空を睨んだ。

あの男がなかなか遺体を引き取りに来ないのは、今回のように独自に遺族の調査をしているからではないのか？　そして探し出した遺族に、遺体を引き取るよう説得しているから、時間がかかるのではないのか。

4

牧本が最初に配属されたのは、市民課だった。

市民課で主に行うのは、住民票や戸籍抄本《しょうほん》など各種証明書の発行。つまり完全な定例業務で、やり方さえ覚えれば誰にでもできる仕事だった。

空気を読むことや、自分の裁量で物事を進めることは苦手だが、ルーチンワークは得意な牧本は、市民課の仕事をそつなくこなした。

とはいえ、新人の指導担当者、水野陽子《みずのようこ》は、決められたことはきちんとやるが、それ以上のことをまったくやらない牧本のことを物足りなく思っていた。おまけに五時に仕事が終わるなり、一人さっさと帰宅してしまう。同僚が残業していようがいまいが、まるでお構いなしだ。

新人歓迎会の時だって、牧本は隅っこのほうで所在なく、ちびちびウーロン茶を飲んでいた。出された天ぷらに一向に口を付けないので、腹が空いていないのか尋ねると、エビが苦手なのだという。陽子は生まれてこの方、エビ天が嫌いな男子に初めて出会った。

「エビって、蟬《せみ》の幼虫に似ていませんか？　そう思うと、ちょっと……」

牧本と同じような年齢の頃、大学でハンドボールをやっていた陽子は、いつも腹を減らしていて、出されたものは何でもがつがつ食べた。

「ダメだよ牧本くん。好き嫌いなんかしちゃ」

それでも手をつけようとしないので、陽子は牧本の箸《はし》を奪うと、えび天をつまみ上げ、無理やり牧本の口元に持っていった。十八になったばかりの牧本は、二十八の陽子からすれば、まだ子ども同然だった。

牧本は目を固くつむり、嫌がっていたが、結局口を開いた。

「おえっ……」

えび天にかじりつくなり、牧本がえずいた。

「そんなにまずい？　もう——だったら出していいからっ」

手渡したティッシュの中に、牧本は口の中のものを吐き出した。青白い顔をして、ウーロン茶をごくごく飲むと、地獄から生還したように、大きなため息をつく。

……この子は一筋縄ではいかないわ、と陽子も深いため息をついた。


ある日、牧本の窓口に一人の老婦人が、年金の話をしに来た。ここは市民課なので担当部署に行くよう案内するだけで事は済むのだが、牧本はなぜか婦人の話に耳を傾け、答えに窮《きゅう》していた。

「なんか、取られる税金が上がってるような気がするのよね。ちょっと、調べてくれないかしら」

「……ええっと、あのー」

「早くしてくれない？　これから予定があるから」

「は、はい」

「年金のお話でしたら、ここではなく、三階奥の保険年金課でお伺いしております」

近くにいた陽子が、たまらず声を掛けた。

「だったら早くそう言ってよ。三階まで上るの？　あたし、膝《ひざ》が痛いのよ」

老婦人がぶつぶつ言いながら、窓口を離れた。

「こういう時は、担当窓口を紹介するだけでいいから。わざわざ話を聞く必要はないのよ」

「ええ、でも……」

牧本が口ごもった。

「でも何？」

「お困りのようだったので、ついつい聞いてしまいました」

役所はよくたらい回しをすると、住民から文句を言われていることは、陽子も知っていた。

「真剣に対応するのはいいことだけど、牧本くん、年金のことなんか何も知らないでしょう。だから、早めにここじゃ担当してないって知らせたほうが、いいと思わない？」

「年金を担当してる窓口がどこかわからなかったので……」

「その場合は、総合案内に行くように言えばいいだけよ。っていうより、市役所に来た住民は、まず総合案内に問い合わせるべきなのよ」

わかりました、と牧本は首肯した。

それから暫く経ったある日の昼休み、陽子は同期で総合案内を担当している女子職員と、ランチを取っていた。

「前から言おうと思っていたことがあるんだけどね——」

同期の女子職員が箸を休め、紙ナプキンで唇《くちびる》を拭いてから語り始めた。

「近ごろ不思議な現象が起きてるのよ。来庁者はだいたい総合案内に来るんだけど、中には素通りして、直接担当窓口に行く人もいるでしょう。特に市民課は一階にあるし、目につきやすいから」

庄内市役所の正面玄関をくぐると、まず目につくのが、大きなカウンターの総合案内。そのすぐ裏に、市民課はある。

「素通りしたはずのお客さんが総合案内に戻って来ることが、何だか多くなってきてね」

役所では来庁者のことを便宜的に「お客さん」と呼んでいる。

「で、訊くの。印鑑登録はどこかとか、異動届はどこに出すのかとか」

それらの窓口は市民課にあった。

「お客さんは総合案内を素通りして、直接市民課に行ってるのよ。市民課の窓口なんだから、市民課で対応すればいいのにって、別に陽子にクレームつけてるわけじゃないんだけど。どうしてこんなことが起きてるのかなって」

心当たりはあった。

今後はちゃんとこちらで対応する、と詫《わ》びを入れた陽子は、ランチから戻るなり牧本を問い詰めた。

「ええ。ぼくです。総合案内に行くように言いました」

「印鑑登録なんて牧本くんの隣の隣の窓口じゃない。どうして、教えてあげないの？」

陽子が尋ねた。

「み、水野さんが、市役所に来た住民は、まず総合案内に問い合わせるべきって、言ってたから……」

「それはそうなんだけど、近くの窓口なら、あそこですって教えてあげればいいじゃない」

「近くじゃない場合はどうするんですか」

「市民課の窓口なら教えてあげなさい」

「福祉課は？」

福祉課も、市民課と同じく一階のフロアにあった。

「それは……別の部署だから、総合案内にご案内してもいいわね」

「でも、ぼくの窓口のすぐ脇が、福祉課です」

「すぐ脇でも、部署が違うんだから、細かい案内はできないでしょう」

「新人研修の時、配属されましたから、細かいことも知ってます」

「だったら、案内してあげればいいでしょう」

「まず、総合案内に問い合わせなくてよかったんですか」

「だから、臨機応変に対応しなさいってことなのよ！　どうしてわからないのっ！」

思わず声を荒らげてしまったが、牧本はキョトンとした顔をしていた。その瞳が「この人はどうして怒っているんだろう」と物語っていた。


長年勤めた市民課から生活保護課に異動になると通達された時、陽子は本気で役場を辞めようかと悩んだ。

生活保護課は文字通り、生活保護を担当する部署である。市役所の中では最も行きたくない部署として、忌《い》み恐れられていた。相手にする市民は、精神を病んだ人や反社会勢力、死んでも働きたくない人等々もおり、彼らと正面から対峙《たいじ》しなければならなかったからだ。

異動が決まった時、同僚たちは憐憫《れんびん》の情を隠そうとせず「まあ、三年耐えればまた異動かもしれないから」とか「中にはまともな人も、ちょっとだけいるらしいから」とか「最悪を知れば、今後の人生に怖いモンなしだから」とか、ほとんど何の慰《なぐさ》めにもならないようなことを言った。

課長に呼ばれ、異動を告げられた時、陽子は「わたしにはケースワーカーの資格もないし、福祉の勉強も専門的にやったことがありません。大学では日本文学を専攻してたんですよ」と、思わず詰め寄ってしまった。

文学部出では就職に苦労すると思ったので、公務員になることを決めたのだ。

課長は済まなそうな顔で、

「全員が有資格者である必要はないんだ。きみは優秀だから、今のままでも充分通用するさ」

そんなお世辞など、聞きたくなかった。

「学生時代、真面目に部活をやっていたようだし——ハンドボールってのは結構激しいスポーツなんだろう。それにきみは、あの牧本くんの指導をしていたじゃないか。どんなことにも耐えられる、強靭《きょうじん》な精神と肉体を持っているはずだ」

「そんなことないですよ。わたしはごく普通の人間です。嫌なことがあれば普通に落ち込むし、日曜の晩は普通に憂鬱《ゆううつ》な気分になるし、毎年花粉症やインフルエンザにだって普通にかかります」

「頼むよ～。水野さん」

課長が眉尻を下げた。

「あそこは慢性的な人手不足なんだ」

無断欠勤などまだましな方で、外回りから帰らずそのまま蒸発したり、精神を病んだ被保護者と話しているうちに、自らも病んで入院してしまったりする職員が後を絶たないという、曰《いわ》くつきの所である。

「それに、こう言っちゃナンだが、いつまでもうちみたいなところにいては、出世は望めないぞ」

業務の種類はトップクラスに多いものの、そのすべてが単純な定例業務ばかりなのが、市民課の特色だった。残業もなく定時に帰れるから、ストレスも溜まらない。公務員は気楽でいいと揶揄《やゆ》される典型の、正にザ・市役所と呼ぶべき職場だった。

前の部署から異動してきて早三年。陽子はこのぬるま湯的な環境に危機感を抱きながらも、居心地の良さに甘えていた。

「定年までずーっと生活保護にいるわけじゃないんだ。いずれまた異動があるから」

「仕方ありませんね――」

陽子はため息と共に答えた。

生活保護課に配属されて一番に驚いたのは、頻繁《ひんぱん》に家庭訪問があるということだ。すでに生活保護を受給している被保護者宅に定期訪問し、生活状況を確認しながら仕事探しや子育て改善のための助言を与えるのだという。

「でも一人につき、年に二回程度の訪問でいいから。まあ問題がない場合だけどね」

今月末で役場を辞めるという、安田《やすだ》という痩せた四十がらみの女性職員が、公用車のエンジンを掛けながら言った。陽子は安田の仕事を引き継ぐことになっていた。

「担当の被保護者は何人くらいいるんですか？」

「そうねー。ざっと見積もって八十人くらいかな」

八十人！

陽子は素早く計算してみた。八十人を年二回訪問するとなると、年間百六十回。ほとんど二日半に一度家庭訪問しなければいけない。おまけに年に二回は、最低限度だ。問題のある被保護者宅には、もっと頻繁に訪問しなければいけない。その合間に書類書きや、生活保護申請の審査なども行う——。

激務という二文字が、陽子の脳裏をよぎった。

安田が連れて行ったのは、藤森《ふじもり》というアルコール依存症の男性のところだった。五十代後半で、地肌が見える薄毛をだらしなく伸ばし、目の下に大きな脂肪袋を携えた藤森からは、アルコールともアンモニアとも紛《まが》える、すえた臭いがした。

この「臭い」が、家庭訪問で体感する一番印象的な事柄だった。後に陽子は、典型的なゴミ屋敷や、結露によりカビだらけになった住宅、床板が腐って陥没した、昭和初期の家屋などを訪問することになるのだが、どこもかしこも独特の「臭い」を漂わせていた。

安田が「わたしの後任よ」と陽子のことを紹介すると、藤森の重たい下目蓋がいやらしく盛り上がった。藤森にとって、若い女性のケースワーカーは初めてだったのだ。

藤森が何やらべらべらと話しはじめた。「かなり饒舌《じょうぜつ》」と書かれた個人記録を読んでいたので特に驚かなかったが、口を開けた途端、さらなる異臭が放たれたので、これには閉口した。

初めてのこともあり、真摯《しんし》に耳を傾けようと努めたものの、若い頃いかに自分が優秀で異性にモテたかを自慢しているだけで、おまけに陽子のプライベートまで聞き出そうとするのだった。

ふと横を見ると、先輩職員の安田がタバコに火を点け、バッグから女性誌を取り出してペラペラとめくっている。我関せずといった体だ。今月末に離職するので、もう面倒な仕事には関わりたくはないのだろう。

酔った勢いで、ケースワーカーを口説こうとしている藤森に、まったくやる気のない安田。

これではらちが明かないので、藤森の言葉を強引に遮《さえぎ》り、質問を試みた。

「藤森さん、お仕事探してますか？」

「仕事？　ありゃするけどね」

「ありますよ、きっと」

「じゃあ紹介してくれるかね」

「その前に、昼間からお酒を飲むの、控えないと」

「仕事がないから飲んでるんだよ。ありゃ飲まないさ」

「昼間から飲んだくれてる人を、雇ってくれる所はありませんから」

「だから雇ってくれる所があれば、昼間は仕事で飲めないだろう。それよりアンタ、彼氏いるの？」

話がまるで噛《か》み合わぬまま、面談は終わった。

帰りは陽子が運転させられた。安田は助手席で、コンビニで仕入れた二冊目の女性誌を読みふけっていた。

「藤森さんに、もっとやる気出してもらわなくてもいいんですか？」

あんたも投げやりはやめて、最後までやる気出しなさいよ、と心の中で毒づきながら陽子が安田に訊いた。

「生活保護費って税金でしょう。納税者に怒られちゃいますよ」

安田がウィンドウを下げ、タバコに火を点けた。

「藤森さんは来年還暦。肝臓を壊してるから長時間の作業には耐えられないし、前葉がちょっと弱ってきてる。飲酒と加齢のせいでね。雇ってくれる所見つけるのは大変よ」

「それはそうでしょうけど、努力すればもう少し何とかなるんじゃありませんか？パートの仕事だけでもあれば、それだけ生活保護費は安くなるんでしょう？」

「じゃあ、役場で雇う？　市民課なんかいつもバイトを募集してるじゃない」

陽子は口をつぐんだ。陽子を異動させた市民課長に、藤森を雇えと直訴しても、却下されるに決まっている。

「ほぅらね」

安田が勝ち誇ったように、大きく煙を吐き出した。

確かに一筋縄ではいかない職場に来たと陽子は悟った。

5

県庁からやってきた小野口《おのぐち》が、五十数年の人生の中で、もっとも驚いたことが、赴任先の庄内市役所で起きた。

小野口は新任の福祉局長だった。直属の部下、福祉課長の和田《わだ》が、小野口の私物の入った箱を抱え、所内を案内してくれた。

「小さな所帯ですので、ご不満もあるかと思いますが、もし不都合がございましたら、何なりとお申し付けください」

和田が慇懃《いんぎん》に言う。なかなか使えそうな男だ。こういう態度を取り続けるなら、次期局長候補として推薦してやってもよいと小野口は思った。

「いやいや、組織としてはこのくらいのサイズがベストじゃないですか」

局長室はまああの広さだった。机と椅子は新品をそろえたという。見るからに安物だが市役所の予算なら、こんなものだろう。和田が不安そうな面持《おもも》ちで、小野口の顔色をうかがっている。

「なかなかいい感じのオフィスですね。日当たりもいいし」

和田の瞳がぱあっと輝いた。

小野口は箱の中から、ゴルフコンペの優勝トロフィーやカップを取り出し、棚に並べ始めた。

「さて、そろそろ取り掛かりますか」

引継ぎ書類に目を通さねばならない。

上着を脱いでロッカーを開けた刹那《せつな》、小野口は思わず「ぎゃ～っ」と悲鳴を上げ、飛び退った。尻もちをついた小野口を、和田があわてて助け起こす。

ロッカーの中に隙間なくぎっしり、骨壺が収納されていた。このロッカーは納骨堂なのか？　なぜ局長室にこんなものがある？　それとも何かの嫌がらせか？

「和田くん、いったいこれは……」

「申し訳ございません！」

和田が深々と頭を下げた。

「こんなことになっているとは、わたしも存じませんでした」

「誰の仕業《しわざ》なんだ……」

「心当たりはあります」


牧本というのは、ぎょろ目の、子どものような顔をした中年男だった。年齢は和田よりいっているのに、係長とは名ばかりのぺーぺーの現場職員なのだという。

牧本は小便を堪えているようにもじもじしながら、立っていた。小野口は牧本から視線を外し、和田を見据えた。

「役所が、遺族が引き取りを拒む遺体を、火葬することは頻繁にあるのですか」

「いえ、月に一件といったところでしょうか」

和田が恐縮した面持ちで答えた。

「たったそれだけのために、専門の部署があるんですか？」

牧本が泣き笑いのような顔で首肯した。

「ここを納骨堂代わりに使っていたことにはあえて言及しませんが、そもそもなんでお骨がこんなにあるんです。とっとと無縁墓地に納めればいいじゃないですか」

「遺族が心変わりして、引き取りたいとおっしゃるケースもございますし——」

牧本が答える。

「そんなケースなどほとんどないから、こんなに遺骨が溜まってるんでしょう。そもそも遺族の意志はもう警察が確認してるんだから、あとは速《すみ》やかに処理すればいいだけの話ですよ」

「……」

「しかも牧本さん。あなたはいちいち葬式まで挙げているそうじゃないですか。そんな予算、誰が承認したんだ」

和田があわてて「わたしは承認してません」と言明した。

「すべて牧本くんが、自分の金で勝手にやっていることです」

「何のためにそんな真似を？」

小野口が眉をひそめる。

「お葬式は、挙げないより挙げたほうがよくありませんか？」

「だって遺族は特に望んでいないんでしょう。なのにあなたはなぜ挙げるんです。身内でもないのに……」

　小野口は和田を振り向いた。

「和田くん、おみおくり係って本当に必要ですかね？」

「……そうですね。そういう議論もあるかと思いますが……牧本くんの特性も考えて――」

　言いにくそうに和田が答えた。

「いや、職員の特性は関係ないでしょう」

「ちょっと待ってください。わたしの仕事がなくなるということですか？」

　さっきまでおどおどしていた牧本が、打って変わって非難がましくまくしたてたので、小野口も気色ばんだ。

「仕事はなくなりませんが、あなたは担当から外れてもらいます。勝手に葬式を挙げるなんて、常軌を逸《いっ》している」

「――今からすぐに外れなければいけませんか」

「まあ、引継ぎの期間は考慮しますよ」

「実は今朝、警察から新たな案件の連絡があったんです」

「じゃあ、それをあなたの最後の仕事にしてください。いいですね、牧本さん」

牧本は小さく一礼すると、くるりと背を向け部屋から出て行こうとした。

「あっ、忘れていました、牧本さん」

小野口が呼び止めるも、牧本は振り向かない。

「この骨壺、片してくださいよ！　不気味だから」

背中に浴びせられた声を無視して、牧本は廊下をずんずんと歩いた。

＊

畑に囲まれた広い敷地の中に、「魚住《うおずみ》食品」の工場はあった。

蕪木の携帯電話の電話帳に、唯一登録されていたのがこの魚住食品の番号である。

それ以外は、何もなかった。家族や友人の番号も、いっさい見当たらない。

牧本は魚住食品に電話を掛け、蕪木のことを訊いたが、そんな名前の職員はいないといわれた。

「過去に働いていたのかもしれません。調べていただけませんか」

しつこく食い下がると、暫く待たされた後、蕪木を知る古参の社員が見つかったと連絡を受けた。

「二十年ほど前に勤めていたようです」

「そちらに伺いますので、その元同僚の方とお話はできませんか」

工場内では白い抗菌服を着た従業員たちが、せわしなく働いていた。

牧本も抗菌服を着せられていた。頭にかぶった抗菌ネットが大きすぎて、目蓋を半分覆っている。

平光《ひらみつ》と名乗る元同僚は、蕪木と同世代の初老男性だった。大柄で無精ひげを生やし、どちらかといえば蕪木と同じタイプに見える。

「蕪木のこと？　ああ、よく覚えてますよ。すぐに手を出すやつだったし、周りはみんなかなり気を遣っていたから」

さもありなんな話だと思った。

「蕪木さんが工場を辞めた原因は、やはり喧嘩か何かですか？」

「いや、それがちょっと違うんだよ」

平光がニヤリと笑い、片手を見せた。牧本は額のネットをずり上げ、目をこらした。小指と薬指の先端が欠けていた。

「ヘマしてカッターに突っ込んじまったんだ」

「それは……災難でしたね」

「そうしたら、蕪木が怒り出しちゃってさ」

「気を付けろってことですか」

「いや、おれは痛みで悶絶《もんぜつ》してたし、救急車だって来たから、蕪木はこれは経営陣の責任だって激怒したんだよ。人が足りねえから事故が起きるんだって」

平光は従業員たちを見回した。

「今はこの人数だけど、当時はもっとずっと少なかった。けちけち経営だったからな。サービス残業なんかも当たり前で、問題にはなってたけど、みんなクビになるのが怖くて、はっきり言い出せなくてさ。家族抱えてるし、不況だから転職も難しかったし」

「なるほど」

「蕪木のおかげで、随分労働環境がよくなったよ」

「交渉力のある人だったんですね」

「そりゃまあ、凄《すご》かったよ」

平光が、目の前にあった巨大なミキサーに顎をしゃくった。

「こいつによじ登ってさ。チャック開けて、土管みたいにぶっ太《と》いチンチン丸出しにして『労働条件改善しないんなら、豚のミンチにションベンぶっかけんぞ！』って凄んでよ」

「……」

「こいつならやりかねないとビビった工場長が、要求飲んでくれてさ。ちょっと表行かねえか。一服したいから」

裏庭のベンチで、平光は立て続けにタバコを吸った。かなりのヘビースモーカーらしい。昔は中でもタバコが吸えたのに、今はどこもかしこも禁煙だとぼやきながら、煙を深く吸い込んでは吐き出している。

牧本は迷惑そうな顔で隣に座っていた。タバコも酒と同じく大の苦手だ。

「えっと、なんの話してたっけ？　……そうそう、蕪木の巨チンのおかげで、労働条件も改善されてさ。やつは一躍ヒーローになっちまった」

「なのにどうして工場を辞めたんでしょうか？」

「う～ん。まあ、あいつにしてみればそんな境遇がこそばゆいというか、居心地が悪かったんじゃないかな」

平光はフィルターが焦げるまで吸ったタバコを地面に投げ捨て、作業靴のかかとで踏み潰した。オレンジ色の火花が、線香花火のように散った。

「死んじまったんだよなー。まだ六十二だろう。若いなあ。俺と一つ違いだぜ」

平本は釣りベストのポケットから、折り畳みの携帯電話を取り出した。

「蕪木さんの遺品です」

「おお、この携帯、懐かしいなあ。俺が無理やり持たせたんだ。こういうものには疎《うと》いやつだったから。なんだ、ここの番号だけか。こいつも俺が登録してやったんだぜ」

「ご家族はいなかったんですかね」

「あいつとは家族の話、しなかったからねー」

「実は……」

とうこ、という名の娘の写真が、故人宅で見つかったことを話した。

「女にはモテたから、隠し子がいてもおかしくはないだろうな」

「退職された後、蕪木さんはどちらに？」

「いきなり相談なく消えっちまったからね。待てよ……あの頃あいつ、付き合ってた女がいたから、その女のところに転がり込んだのかもしれないな。店やってたんだよ」

「その方の住所、知りませんか？」

牧本が身を乗り出した。

「う〜ん。みゆきだか、みずえだか、そういう名前の店だったことは覚えてる。この先の港町にある食堂だよ」

「そうですか……」

それだけの情報では探すのは苦労しそうだ。

みゆきか、みずえの手がかりは残っていないものかと、蕪木の携帯をいじっているうちに、牧本は「あっ」と声を上げた。

「これって、ここの写真ですよね」

携帯電話の画像フォルダには田園風景が写っていた。

「これも、これも、これも……」

同じような風景写真が何枚も入っている。

「そう。この辺りの田んぼだ」

「どうして田んぼの写真ばかり撮ってたんでしょうか?」

「いや、白鳥だよ」

「白鳥?」

白鳥など写っていないではないか。

「よく見てみなよ」

牧本はルーペを取り出して、画像をくまなく点検した。画面の端に小さな白い点々が見える。これか?

「毎年冬が近づくと、白鳥が集まってきてさ。蕪木はよく撮ってたよ。ちゃんとした望遠レンズで撮らなきゃ見えるわけねーのに、バカだよねアイツは」

帰り際に平光は、工場で作った肉まんを土産にくれた。

「ご参列してはいただけませんか?」

牧本が尋ねる。

「葬式？　う〜ん。アイツとまた飲めるってんなら行くけどねー」

「そうですか……」

「それにしても役場ってのは、無縁仏の葬式まで挙げてくれんの？　至れり尽くせりだねー」

「もし、お気持ちが変わりましたら、ご連絡ください」

今日はどうもありがとうございました、と頭を下げ、牧本は工場を後にした。

6

程なく安田が引退したので、陽子ひとりですべてを切り盛りしてゆかねばならなかった。

被保護者の中には、首元から登り龍の頭が覗く、頭髪と眉毛のない人もいた。外見通りの性格で、どこかで雇われてもすぐに暴力沙汰《ざた》を起こし、クビになった。こういう人にだって、憲法で保障する「健康で文化的な最低限度の生活」を営む権利はある。だから生活保護が必要なのだ。さもなくば、国や自治体で雇えということになる。

「無理よねー」

陽子は独り言《ご》ちた。

悩んでも結論がでない時は、先輩ケースワーカーに相談したが、皆自分のことで手いっぱいのようだった。しつこく食い下がると、露骨に嫌な顔をされたり、怒鳴られたりした。

では、と彼らのやり方を静かに観察してみることにした。

その結果、生活保護課のケースワーカーは、大きく二通りのタイプに分かれることを発見した。

まず一つ目は、辞めた安田のようにまったくやる気のないタイプ。

すでに生活保護を受けている人間は実質ほったらかしだから、まるで改善が望めず、十年近く無職なんてケースもあった。

おまけに新規の申請は、ろくに調査もせず承認するという、申請者にとってはまるで神のような存在。税金を払う側からすれば、とんでもない話だ。上司の評価も最悪だが、それを逆手に取り、早くこんな部署から追い出してくれ、と開き直っている節すらある。

二つ目は前者とは真逆のタイプ。

彼らは被保護者を「人間のクズ」と呼んで憚《はばか》らず、説教したり恫喝《どうかつ》したり陰湿にいじめたりしながら、ストレスを発散していた。

新規の申請者には何かと理由をつけて、ダメ出しをした。

「本当に病気なの？　病は気からっていいますよ」

などと医師の診断書が提示されているにも拘《かか》わらず難癖をつけ、

「援助してくれる家族はいないんですか？」

いないと答えても、

「両親じゃなくても兄弟とか、親戚縁者にもちゃんと確認しましたか？」

としつこく問い詰める。申請者の中には、生活保護申請をしていることを家族に隠しておきたい人間もいるのに、まるでお構いなしだ。

仕舞には相談窓口で突っ伏し、泣きだしてしまう申請者もいた。サディストケースワーカーは彼らを見下ろし、ほくそ笑んでいた。こんなワーカーには絶対なりたくないと、陽子は思った。

ではやる気のない前者タイプでいいのかといえば、それも違う。

嘘《うそ》やサボり癖がついている人間には厳しく、本当に困っている者には優しく手を差し伸べる。理想論かもしれないが、そんなワーカーになりたいと思った。

まだまだ仕事に馴染《なじ》めない日々を送っていたある日、陽子は市民課の課長に再び呼ばれた。

——今度はいったい何だというの？　もし戻ってこいというなら、何と答えようか——。

期待と不安の入り混じった気持ちで、課長の元に向かった。だが、課長の口から発せられた言葉は、まるで予期していないものだった。

「何で牧本くんが来るんですか？」

陽子が目を丸くした。

課長は牧本を生活保護課に異動させ、陽子の下につけると言い出したのだ。

「だから人事異動だよ。めずらしいことじゃない」

「だって異動の季節じゃないですよ」

「牧本くんは、よくやってる部分もあるけど、融通が利かなくてな」

そんなことは誰もが知っている。

「指示を出しても、なかなか飲み込めないところがあって――いや、いったん飲み込んだら、後はきちんとサボらずやるんだが……」

だからなんですか、と陽子が迫った。

「きみは、牧本くんの元指導担当者で、彼のことをよく理解してるだろう――」

課長が言いにくそうに続けた。

要は牧本を使いあぐねているので、お前のところで引き取れということらしい。しかし、市民課でさえ使えない人間が、生活保護課で使えるわけがない。

「彼には無理です。荷が重すぎます」

「だからきみの下につけると言ってるんだよ。ケースワーカーは頭も使うが、体力もいる仕事だろう。男手があったほうがいいんじゃないか。まあ、きみ専用のアシスタントと考えてくれ。生活保護課長とは話がついてるから、心配するな。カバン持ちでも運転手でも、使い走りでもナンでも好きなように使えばいい。悪い話じゃないぞ」

そこまで言うならと、牧本を引き取る場合と拒否する場合を、天秤にかけてみた。

牧本は確かに飲み込みが遅く、ピントがずれているが、仕事に対する態度はまじめで手抜きをしない。陽子が指示を出せば、文句を言わず従うだろう。

家庭訪問は、女ひとりでは不安な場合もあるから、たとえ牧本のような男でも隣に座ってくれれば心強い。

だが牧本に業務を教えるのは骨が折れる。マニュアル通りの対応しかできないから、被保護者の悩みを聴き、適切なアドバイスを与えることなど百年経っても無理だろう。

――だからアシスタントなのか？　と陽子は考え直した。

例えば藤森のようなアルコール依存症の人間には、生活保護支給日に一緒にスーパーに行き、バランスの取れた食材を買わせるという仕事がある。さもなくば酒ばかり買い込んで、保護費を使い果たしてしまうからだ。それにこれ以上酒に溺れたら、それこそ病院送りになってしまう。

こういう面倒だが、シンプルな仕事なら牧本にも任せられる。買い物リスト通りに食材を買うだけでよいのだから。

しかし、こんな仕事ばかりさせていたら、彼のケースワーカーとしての成長は望めない。

――だからアシスタントなのよ。

陽子は自分に言い聞かせた。

市民課の課長も生活保護課の課長も、そういう条件で異動させると言っている。

「わかりました。上の決定ですから従います」

牧本には悪いが、便利屋で使うことにした。


陽子が承諾してから一週間後に牧本が異動してきた。

久しぶりに見る牧本は、もう二十歳《はたち》を過ぎているというのに、相変わらず高校生のような風貌をしていた。

「じゃあ、みんなに紹介するね」

陽子は牧本を引き連れ、挨拶《あいさつ》回りに行った。

「本日から生保で働くことになった、牧本壮くんです。ここに来る前はわたしの古巣の市民課で戸籍を担当していました。さあ、牧本くん――」

陽子の後ろに隠れていた牧本が一歩前に出て、まるで排尿を堪えているようにもじもじしながら「ま、牧本です。よろしくお願いします」と小声で挨拶した。

その様子を見て、フンと鼻を鳴らしただけで業務に戻る者、あきれた様子で首を左右に振る者、「大丈夫かよ」と苦笑いする者など反応は様々だった。

課長の上田《うえだ》のところに連れて行くと、書類を捲っていた手を休め「おっ、来たな。聞いてるよ。頑張れよ」とだけ言うなり、すぐにまた文書に目を落とした。もういいからこれ以上邪魔をするな、というジェスチャーだ。

「まあ、こういうところだから。あまり気にしないでね」

デスクに戻るなり、陽子が言った。

「さて、今日は午前から家庭訪問があるから、一緒に来なさい。牧本くん、昔は運転免許持ってなかったけど、取った？」

「取ってません」

やっぱりね、と陽子はため息をついた。男の子は十八になった途端、こぞって運転免許を取ろうとするのに、牧本は例外だった。課長は彼を運転手で使えと言ったが、免許の有無ぐらい確認してから言えよと思った。

「じゃあ悪いけど、これ持って」

関連書類を預け、公用車の助手席に座らせた。

向かったのは人身事故を起こし、会社をクビになったタクシー運転手の家。事故で手に後遺症が残ったため、もう人を乗せて運転はできない。生活保護を申請してから六ヶ月経つが、未だに新しい職につく気配がなかった。

潰れたビールの空缶やら、空になったスナック菓子の袋、吸い殻がてんこ盛りになった灰皿などが散乱するアパートの一室で、陽子と牧本は元運転手の男と対面した。

「長澤《ながさわ》さん、たしか情報工学を専攻されてましたね」

元運転手・長澤は専門学校でコンピューターの勉強をしていた。

「ITっていうんでしょう。今結構需要があるんじゃないですか。ウィンドウズでしたっけ？　わたしもあまり詳しくないけど、そういう分野で探すことは検討されましたか」

長澤はマイルドセブンの煙を、ふ～っと天井に向かって吐き出した。

「情報工学を勉強してたのは、かなり前の話だからねえ。ITは進歩が早いから、もうついて行けないよ。それに俺、実はコンピューターなんか好きじゃなかったから。思っていたのと違ったし、言語とか面倒だったし――」

長澤はまだ三十代で独身だ。贅沢《ぜいたく》を言わなければ、どんな仕事にも就くことができるだろう。

「じゃあ、どのような分野での就労を考えていますか？」

「まあ、いろいろと考えてますよ」

「具体的には？　お聞かせ願えませんか」

「まあ、本当はまだ心の中に留めておきたいんだけど――」

長澤は訥々《とつとつ》と語りだした。もっと自分の個性を生かす仕事をしたい。運転手のような裏方ではなく、表に出る仕事。例えば役者とか。歌手もいい。高校の頃、ロックバンドを組んでいた。今でもよくカラオケに行く。ボーカルには自信がある――。

ふと横を見ると、牧本が薄目を開けながら、ゆっくりと舟をこいでいた。肘鉄《ひじてつ》を食らわすや、はっと瞳を見開き、居住まいを正した。

「――だから、今はそのための準備期間なんだよ。充電期間っていってもいいかな。どこの事務所がいいかとか、とりあえずオーディションを受けて、顔を売っておくべきかとか、いろいろやり方を考え――」

「失礼ですけど、長澤さん」

紫煙をくゆらせながら、遠くを見つめるような目で、自分語りする長澤を止めた。

憲法では職業選択の自由を謳《うた》っているものの、こんな夢物語のために税金を払う義理はない。

「生活保護費は皆さんの税金から出ているんですよ」

長澤が口をつぐみ、拗《す》ねた表情でこちらを見た。

「夢を持つこと自体は否定しません。ですが、今は夢を見ている時ではありませんし、現実を見ないと。まずはちゃんとした仕事を見つけて貯金も貯まったら、ぜひ夢実現にチャレンジしてください。その時はわたしも応援します。

次回来るまでに就労しているのが一番いいんですけど、それが無理なら、せめて具体的な計画案をご提示ください。わかりましたね？」

長澤は口を尖《とが》らせながらも、渋々頷《うなず》いた。

帰りの車の中で、再び眠りに落ちている牧本に、

「牧本くん。帰ったら早急に訪問記録を書いといて」

と指示を飛ばした。

「訪問記録ですか？　どうやって書くんですか？」

「ファイルがあるから、それを参考にして」

「どこにあるんですか？　どのファイルを参考にすればいいんですか？」

前方の車がいきなり停まったため、陽子が急ブレーキを踏んだ。

「危ないじゃないの！」

思わず叫んだ。その勢いで、助手席を振り向き、

「どうしていちいち一から説明しなくちゃいけないの！　自分で調べなさい！」

さらに大きな声で叫んだ。

牧本がぶるっと身体を震わせ「は、はい」と、蚊の鳴くような声で答えた。

ちょっと言い過ぎたかと反省しかけたが、面談の時居眠りしていた事を思い出し、自業自得よと開き直った。

――長澤さんといい、牧本くんといい、ったく、男ってなんて世話が焼けるんだろう……。

陽子は勢いよくエンジンをふかした。

7

難航すると思っていた「みはる」（みゆきでもみずえでもなかった）の店は、意外

にも早く見つかった。

　みはるは、地元の漁師が屯《たむろ》す海鮮食堂だった。テラスから日本海の絶景が見渡せる、風光明媚な場所にあった。

　女将《おかみ》の今江《いまえ》みはるに蕪木のことを切り出すと、一瞬だけ瞳が揺らいだものの、すぐ元の表情に戻り「かなり昔の話ですから。もう覚えてません」とつっけんどんに答えた。四十代後半くらいの美しい女性である。

「ここに暫くいたらしいと聞きましたが」

「ずっと前に、そんなことがあった気もしますが……今はまったく連絡が途絶えてますから。あの人のことを知りたいなら、別のところを当たってください」

「実は先日、お亡くなりになりました」

「えっ？」

　みはるが大きく目を見開いた。

「ご遺族を探してるんです。昔のことで構いませんので、何か手掛かりになるようなことを、お聞かせ願えませんか」

「……わかりました。どうぞこちらへ」

食堂のテラスからは港に戻ってくる漁船が見えた。漁が終わる時刻なのだろう。どやどやと荒くれた感じの漁師たちが店に入ってくると、冷蔵庫から勝手にビールを取り出し、酒盛りを始めた。どうやらここはセルフサービスらしい。

みはるは、テーブルをこまめに片づけながら、牧本の質問に答えた。

「確かに一緒に暮らしたけど、そんな長い間じゃなかったわよ。二年半くらいだね」

「そうですか」

「最後のほうは喧嘩ばっかり。でも、喧嘩の後はいつも悲しそうな顔してた。反省してるのとはちょっと違ったけど。まあ、自分勝手な男だったね。他人からどう見られようが構わない、我が道を行くってタイプ。何であんな男に惚れたんだろう。若かったんだね」

「わたしもよくマイペースって言われます」

みはるがクスっと笑った。

「それ、何となくわかる。あんた、あの男とはまったく違うタイプに見えるけど、案外共通するところがあるのかもしれない」

「そうですか？」

「マイペースってことは、好きに生きてるってことでしょう。蕪木も好きに生きてた。幸せな人生だよね」

片づけが一段落すると、みはるは空いているテーブルに座り、タバコに火を点けた。

「ああ、頑張った、頑張った」

煙を大きく吐き出しながら、みはるがつぶやいた。

「それ、コジローくんですね」

「えっ？」

「いや、オウムのことを思い出しまして……飼い主がいなくなったコジローも頑張ってました。っていうより、頑張ったたって言ってました」

「わけわかんない。確かにマイペースだね、あんた。以前ラジオかなんかで聴いたのよ。『疲れた』って言う代わりに『頑張った』って言うんだって。そのほうが前向きになれるし、免疫力も上がるから」

「なるほど……」

あの老婆も、そのラジオを聴いたのかもしれなかった。ということは、彼女も「疲れた」の代わりに「頑張った」と言っていたのだろうか。つまり、本当は凄く疲れていたのだ。色々なことに――。

「ところでこういうものを見つけたんですが――」

牧本が釣りベストの背中のポケットからアルバムを取り出した。「便利だねー、そのチョッキ」とみはるが目を見張った。

「ここに写ってるの、蕪木さんの娘さんですかね」

みはるは興味深げにページを捲っていった。

「……へ～え、家族がいたんだねー。昔のことはなんにも話してくれなかったから。この子、あの人の娘だよ。目元がそっくり」

「古いアルバムだから、もう成人してるんでしょうね。この方の連絡先なんか、ご存じないですよね？」

「知るわけないじゃない。娘がいることすら知らなかったんだから」

気が付くと、牧本とみはるの周りに漁師たちが集まり、一緒にアルバムに見入っていた。

「蕪木の娘よ。蕪木、死んじゃったんだって」

みはるが漁師たちを見回した。

「そうかあ……やっぱりなー」

「早死にだよな」

「やっぱ、殺されちまったのか?」

漁師たちが口々に言う。

「いえ、殺されてません。どうして、殺されたと思ったんですか?」

驚いて牧本が尋ねた。

「まあ、死んだ人間のことを悪くは言いたくねえけど、ひでえやつだったからな」

「ああ、ひどかった」

「ここらへんの男はみんな、あいつに殴られてたんだ」

「そうそう。おまけに嫉妬《しっと》深い野郎でさ」

「何かっつうと『みはるに色目つかいやがったな』とか言ってキレてたな」

「嘘よ、そんなのー」

みはるがケタケタと笑った。

「そういう喧嘩っぱやいやつだったからさ。いつか誰かに殺されるんじゃねーかと、みんな噂してたんだよ」

突然どこからか、赤ん坊の泣き声が聞こえてきた。

「起きたね。はいはい、今行くよ」

みはるが席から立ち上がり、店の奥に消えていく。男たちは、みはるを見送ると、また勝手にビールを取り出し、酒盛りを始めた。

「ちゃんと金は払ってるから心配すんな。ホラ、あんたも飲め」

日に焼けて真っ黒な初老の漁師が、牧本にグラスを渡した。

「い、いえわたしは勤務中ですので」

「役人ってのはお堅いね。まあ、不真面目だったら俺ら庶民は困るけどな。あんた、蕪木の身内を探してんの？」

「そうです」

「だったら……」

漁師が何やら言いかけた時、みはるが、まだ激しく泣いている赤ん坊を抱きかかえ、戻って来た。

「ええと……牧本さんだっけ、あんた、子どもいる？」

みはるが尋ねた。

「いえ、いらないです」

「あげるわけないじゃない。あんた日本語きちんと理解できてるの？」

「子持ちかって訊いてるんだよ」

初老の漁師が、牧本の肩をポンと叩いた。

「あっ、いえ、子どもはいません」

「そうだろうね。そうだとは思ったんだけどさー、あんた、優しそうだから。ちょっと悪いけど、この子、あやしててくれない？　素面《しらふ》なの、あんたしかいないから」

「わたしがですか？」

「そう。そろそろ忙しくなるし」

団体客が到着し、テーブルでメニューを見ていた。

慣れない手つきで、赤ん坊を受け取り、見よう見まねであやしてみたが、なかなか泣き止まない。団体客が迷惑そうな顔でこちらを見たので、表に出ることにした。

潮の香りをかぎながら、「よしよし」と赤ん坊をあやした。西の空がうっすらと赤みがかる時刻だ。入り江の方からボーッと汽笛の音が聞こえて来る。おそらく最後の漁船が戻って来たのだろう。随分遅くまで漁をするものだと、牧本は思った。

赤ん坊はまだ泣き止まない。この世に存在するすべてのものが不満であるかのように、真っ赤な顔で、必死に訴えかけている。

「そうか、そうか。頭にくるよね」

牧本は赤ん坊に優しく語りかけた。

「そのうち、思い切り泣けなくなるから。みんな大なり小なり、ストレスを抱えるようになる。だから、今のうちに、思う存分発散すればいい」

岬の先端にあった小さな灯台に、ぽっと明かりが灯《とも》った。さっきまで晴れていたのに、雲が出始めている。波の音が徐々に大きくなってきた。

気が付くと、赤ん坊はすやすや寝入っていた。なかなか可愛い寝顔をしている。それにしても、頭がデカい。赤ん坊っていうのは、こんなにデカい頭をしているのか？身体と比べ、かなりアンバランスではないか——などと考えていた時、

「すみませーん！」

道の向こうから若い女性が走ってきた。

「月末だから、なかなか上がらせてもらえなくて」

こちらに両腕を伸ばすので、赤ん坊を預けた。彼女が母親なのだろう。

「ただいまあ。遅くなっちゃった。ごめんねー」

赤ん坊が目を開け、母親の顔を見て微笑んだ。

「お客さんですか？　ありがとうございました。ホント、ひどい店でしょう。さあ、戻りましょう。一杯やってってください」

「えっ……あっ、はい」

「とうこ」の手がかりがつかめないなら、そろそろ辞そうと思っていたが「さあ、さあ」とひったてられ、店の中に戻った。ちょうど入れ違いに、団体客が帰っていった。テーブルの上にでんとジョッキを置かれ、店のおごりといわれた。

「もう就業時間、終わってんだろう。だったら飲め」

酒臭《さけくさ》い息を吐きながら、歯の抜けた漁師が言った。

仕方なく口をつけたが、あまりのまずさに顔をしかめた。こんな苦いものを好んで飲む人間の気が知れない。

「ところで、ここを去った後、蕪木さんがどちらへ行かれたか、ご存じの方はいらっしゃいませんか？」

漁師たちはお互い顔を見合わせ、かぶりを振った。

「そういやあ、やつがいなくなる前に、水死体が上がったよな」

「そうそう。そんなことがあった」

「水死体ですか?」

まさか蕪木が殺したのではあるまいな、と牧本は身構えた。

漁師たちは、ゲラゲラと大声で笑った。

「確かにあいつが殺したのかもしんねえ」

「溺死だったみたいだけど、蕪木がぶんなぐって海に捨てたのかもな。なにしろ誰彼構わず手ぇ出すやつだったから」

——やはりそうなのか。

魚住食品の待遇改善の話を聴いた時、蕪木を少し見直したが、所詮《しょせん》ただの乱暴者に過ぎなかったのか。

「いや、冗談だよ。あいつが殺したんじゃないよ。純粋な事故だったよ」

「死体は漁船の網に引っかかってたんだけど、その船に乗ってたのは漁業組合長のドラ息子でさ。死体を見つけて、はしゃぎだして」

えっ?

「いや、おれたちの間で昔からの言い伝えがあって。元々は海で不幸があると、その見返りに大漁になるって話なんだけど、それがいつの間にやら、土左衛門引き揚げた船は大漁に当たる、みたいな話に変わってって」

「実際そういうこともあったしな」

「だからドラ息子が『いぇ〜い』とか言いながら、指立てポーズで死体と一緒に写真撮ったりしてな。あいつ、ホント頭イカレてたわ」

「もういなくなったけどな」

ドラ息子は数年前、バイク事故で亡くなったという。

「それを見ていた蕪木がブチ切れてさ。いきなりドラ息子にタックルかまして、倒れたところを馬乗りになって、もう、顔面タコ殴りよ。慌ててみんなで止めたけど、ドラ息子の顔は血まみれでな。救急車も来て、大変だった」

「そういえば、そんなこともあったわねー」

仕事が一段落したみはるが近くに来て、一服した。

「で、組合長ににらまれて、漁港出入り禁止になった。蕪木はバイトで漁の手伝いしてたから、収入断たれちまって」

「みはるちゃんの店にも迷惑かけちゃったし、この町に居づらくなったんだろうな」

「で、誰にも何も言わないで、ある日突然消えちゃった」

みはるが大きく煙を吐き出しながら言った。

「あん時、誰か蕪木の味方してやったか？」

一番年長の漁師が訊くと、皆ばつが悪そうにうつむいた。

「まあ、組合長に楯突《たてつ》くと、おまんま食い上げになるし。仕方なかったんだ――」

「俺もやつに殴られたことあるけど、今から思えば、そんなに悪いやつじゃなかったのかもな……」

「俺たち漁師も荒くれだから、お互い様だったし。みんな若かったしな」

「死んじまったんだよなー」

いつの間にやら、しんみりとした空気が辺りに漂っていた。牧本は、そろそろ潮時と思い、腰を上げた。

「最後に訊きますが、蕪木さんの身寄りをご存じの方はいませんか？　遠い親戚でも構いません」

みはるが、タバコをもみ消し、店の奥に顎をしゃくった。

「娘ならあそこにもう一人いるけどね」

みはるの視線の先には赤ん坊をあやす、若い母親がいた。

「衣都《いと》っていうの。蕪木の知らない娘」

――やはりそうなのか。そんな気がしていた。

「では、彼女はご遺族ですよね。葬儀に参列してください。みはるさんもご一緒に」

「それは遠慮しとくわ」

「火葬するの、待ってもらってます。だからまだご遺体があるんです。ぜひご対面してください。蕪木さんも成仏すると思います」

牧本はねばったが、みはるは口をきつく結んだままだ。

最年長の漁師が牧本の肩に手を置いた。

「わかってやれよ」

＊

牧本や他の客も引き揚げ、一人きりになるや、みはるは店を出て、海岸まで歩いた。

テトラポッドに腰掛け、黒くうねる海をじっと見つめるみはるの頬は、温かいもので濡れていた。

むせび泣く声が、寄せては返す波の音にかき消された。

＊

牧本は棚からアルバムを取り出し、ページを捲っていった。と、ゴロッキがいきなり足に頭突きをかましてきたので、餌をやり忘れていたことに気づいた。キャットフードを皿に入れ「お前が死んだ時は、ちゃんと弔ってやるからな」と声をかけた。ゴロッキが何歳なのかはよくわからないが、近ごろじっとしていることが多いような気がする。

アルバムに戻り、身寄りのなかった人々の顔を感慨深く眺めながら、最後のページまで来ると、牧本は小さなため息をついた。

――仕方ないか。

蕪木の免許証をアルバムに収めようとするも、「いや」とかぶりを振った。

まだ終わっていない。

免許証を脇に置き、今度は蕪木宅から拝借してきたアルバムを開いた。

バースデーケーキの前で微笑む少女。

おたんじょうびおめでとう　とうこ――。

「見つけますから。必ず」

牧本は口元を引き締めた。

8

二日待ってようやく牧本から上がってきた訪問記録は、思っていた通りひどいものだった。

半分居眠りしていたので、会話の内容など、ほとんど頭に入っていなかったのだろう。これでは何も書いていないも同然だ。

添削するのも面倒なので、自分で書き直した。こんなことなら、最初から自分で書いていればよかったと陽子はため息をついた。

二度目の家庭訪問では、メモを取るよう命令した。牧本は頷《うなず》き、大学ノートを持参した。

去年旦那さんと離婚した戸田《とだ》には、子どもが二人いる。四十をちょっと過ぎた年齢だが、晩婚だったため、子どもはまだ小さい。下の子はオムツをしている。

元気はつらつなお姉ちゃんと、お姉ちゃんの後を必死になって追いかける弟が、ばたばたとせわしなく駆けずり回る小さなアパートの一室で、戸田はしきりに元夫の悪口を言った。

「ホント、恥ずかしい話なんだけど、職場の同僚に手を付けたのよ。短大出たての若い女の子で、どうしてあの人みたいなおじさんを好きになったのか。まあ、ファザコン女子って結構いるみたいだから、彼女もそんなタイプだったのかしらね。だけど信じられないでしょう？　二回り近く年が違うのよ。おまけに金持ちでも何でもないし、薄毛だし糖尿病予備軍だし――」

傍《かたわ》らを見ると、牧本が必死の形相でメモを取っていた。

戸田は、元夫がなかなか生活費を入れてくれないと嘆《なげ》いた。おまけに子どもを抱っこしているうちに、腰を痛めた。病院に行って、高周波治療を受けているがなかなか改善しない。だからスーパーのレジ係もお休みを貰《もら》ってる――。

浮気されたのには同情するし、言っていることはわからなくはないが、大部分は愚《ぐ》痴《ち》だと思った。腕時計を見ると、ここに来てからすでに一時間が経過していた。

「ご主人は生活費をまったく入れてくれないんですか？」

つらつらと恨み言を並べる戸田を遮《さえぎ》り、陽子が質問した。

「いえ、遅れますが、振り込んではくれます」

「確か一人娘で、ご両親との仲は悪くないとか」

「ええ。実家とは問題ないです。家賃が払えなくなった月には、立て替えたりしてくれますし」

「では今はもう少し、ご実家に甘えてみては如何《いかが》ですか。元ご主人にも、お子さんが可哀《かわい》そうだから、きちんと期日までに生活費を振り込むよう強く要求してください。

それから、わたしも、学生時代激しい運動をしてましたから腰痛の経験ありますけど、簡単なストレッチで随分《ずいぶん》良くなりましたよ。本に書いてあったやり方なんです。今度その本、お送りしますね。早く腰を治して職場に復帰できるといいですね」

さ、そろそろお暇《いとま》するわよと、牧本に言った。牧本はまだメモを書いていた。

役所に戻るや、牧本はさっそく訪問記録を書き始めた。終業時刻までたっぷり二時間かけても終わらなかったので、残業するという。それほど急ぎの書類ではないが、ではよろしくね、と言い残し陽子は先に帰った。

翌朝——。

陽子のデスクの上にはクリップで留められた、書類の束が置いてあった。数えると十枚ほどある。牧本が書いた訪問記録だった。

——こんなにたくさん書いたんだ……。

小さな丸っこい下手糞《へたくそ》な文字で、延々と文章は綴《つづ》られていた。

ページをめくると、すべて戸田が愚痴っていた内容だった。元夫の浮気、生活費の遅延、止まらぬ腰痛、医者が如何《いか》にいい加減な治療をしているか、子どもが如何にうるさく泣きじゃくるか、勤めていたスーパーの上司が如何に意地悪だったか等々……。

陽子がいい加減うんざりして、途中からほとんど聞いていなかった話を、牧本は忠実に記録していた。とはいえ、一文はダラダラ長く句読点が少ないので、何を言わんとしているのか、今一よくわからない。というより、そもそもこんな余計なことまで書く必要はない。

「牧本くん」

呼びつけると、眠そうな顔の牧本がやってきた。

「ご苦労様。昨日は何時まで残業してたの？」

　零時と答えたので、のけぞりそうになった。そんなに遅くまで、これだけ無駄なものを書いていたのか……！

「ぼ、ぼく、字が汚いもので、メモがところどころ読めなくて――戸田さんがしゃべっていたことを必死に思い出しながら書いていたら、いつの間にか日をまたいでいました」

「努力は買うけど、書き方をもう少し変えたほうがいいよ。どうでもいい話は、端折《はしょ》ってもかまわないから。あたしが書いた訪問記録のサンプル、見たでしょう。要点を箇条書きするだけでいいのよ。長い文章より、体言止めのほうが読みやすいわ」

「はあ――」

「まあ、いいわ。あたしが書いておくから」

　これで二度目だった。やはりすべて自分でやったほうが早い。とはいえ、牧本の訪問記録の一部は確かに役に立った。被保護者の実情を正確に伝えているので、それを基に臨場感のある記録を記すことができたからだ。

それからも何度か訪問記録を書かせたが、やはりダラダラと無駄な記述が目立った。牧本には重要な事柄と、どうでもいい与太話《よたばなし》の区別がつかないようだ。もう記録を書かせるのをやめようかと思ったが、それでは牧本の仕事がなくなってしまう。

牧本には生活保護費算定もやらせてみたが、こちらは訪問記録よりさらにひどかった。何度教えても計算間違いをするのだ。

とはいえ、訪問記録は場数を踏むごとに、徐々によくなってきた。飲み込みは遅いが、その分真面目《まじめ》に取り組むため、かたつむりのようにゆっくりとではあるものの、着実に進歩している。

——あとは応用力を身に着けることだけどねー。

提出された訪問記録をチェックしながら、陽子は独り言《ご》ちた。牧本は、言われたことはきちんとやるが、自分で考えてやってみろ、と指示された途端フリーズしてしまう。

唐突に陽子は、あることに気づき、はっとなった。

——でも、今のままの仕事のやらせ方では応用力がつかないの、当たり前じゃない……。

そもそも使いパシリのアシスタントとして、牧本を迎え入れたのだ。使いパシリに、自分で考えろというのは、酷ではないか？　自分で考えてよいなら、もうパシリからは卒業したいと（牧本は、本人の性格からして言わないだろうが）言うだろう。

家庭訪問の際、牧本はメモを取ることだけに集中していた。メモ取り自体は大切だが、それだけに固執していると、本質を見誤る。ケースワーカーはメモ取りのためにいるのではなく、被保護者の言葉に真摯《しんし》に耳を傾け、適切な助言と生活指導を行うためにいるのだ。

とはいえ、陽子自身が、被保護者の社会復帰に貢献できているのかといえば、まるで自信がなかった。

そもそも被保護者は簡単に更生ができない、というのは事実だが、これまで携わってきた人々が、生活保護から完全に抜け出した事例が未《いま》だひとつもないのは、やはり陽子の実力が不足していたためだろう。

ある日、陽子は牧本に告げた。

「牧本くん。今日の午後の家庭訪問、メモは取らなくていいから」

「えっ?」

牧本は、白目を大きく剝《む》きだし、動揺した。

「そんなにぼくのメモ、ひどいですか?」

「そうじゃないよ。訪問記録は読み易くなってきてるし、進歩してる」

「じゃ、じゃあ、いったいぼくは何をすれば……?」

「じっと被保護者の言うことに耳を傾けてみて。メモを取るために聴くんじゃなくて、聴くために聴くのよ。聴いて、吟味《ぎんみ》して判断して」

「は……はい」

その日の訪問者は吉川《よしかわ》という、二十代後半の男性だった。鬱《うつ》を患《わずら》っており、仕事が長続きしない。今まで勤めてきたのは、従業員を奴隷《どれい》のようにこき使うブラックな会社ばかりだったので、もうサラリーマンはやりたくないという。

実家は野菜農家だが、ぎりぎりの生活をしており、とても息子に送金できるような状態ではない。ならば、実家に戻り、家業を手伝えばいいと思うのだが、本人にその意思はまったくなかった。

「そもそも、一次産業なんてもうとっくに終わってるでしょう。ぼくはまだ若いから、もっと新しいことにチャレンジしたいんです」

「新しいことって、どんなことですか？」

陽子が質問した。

「う〜ん。まだイメージしているだけなんですが、まずは自分の会社を持つことですかねー。会社じゃなくても、個人事業主っていうんですか？　それでもいいんです。ともかく小さいながらも、一国の主《あるじ》になりたい。束縛されるの苦手なんで。

それで——そうですね、海外旅行しながら、その土地土地で見つけた珍しいものを日本に持ち帰って売りさばくとか。そういう仕事ですね。小さな貿易会社みたいな。こういうのって、センスが必要だから——」

嬉々として話す吉川を見ながら、この人の鬱はもうほとんど完治しているのではないか、と陽子は疑った。

傍らを見ると、牧本がうつらうつらしていた。

——ったくもう、メモを取らなくていいって言った途端、またこれかよ。

これでは最初に逆戻りではないか。

帰りの車の中で牧本を叱《しか》った。

「牧本くん、ちゃんと聴きなさいって言ったでしょう。居眠りなんかしてたら、被保護者に失礼じゃないの！」

「す、すみません……」

牧本は固く目をつむり、何度も頭を下げた。

「昨日の晩は遅くまで起きてたの？」

「い、いえ、九時には寝ました」

「充分眠ったじゃない！　どうしてまた眠くなっちゃったの？」

「すみません」

牧本は頭を下げるばかりだった。

「わたしが一緒にいるからって、気を抜いちゃダメよ。ひとりで家庭訪問に行ったら居眠りなんかできないの、わかるでしょう？」

「は、はい」

「いずれ、あなたも独り立ちするんだから」

でもそれはかなり先だろうな、と陽子は思った。

9

「はい。一応遺族の方は見つかったんですが——ええ、説得しましたが、結局引き取ってはくれませんでした。ですが、娘がいるんです。——いえ、わたしが言ってるのは別の娘で、名前は『とうこ』って言うんですが——はい、ですので申し訳ないですが、もうしばらくの間、ご遺体を預かっていただけないものかと——」

電話口で神代が何やら言っていたが、足元に違和感を感じた牧本は、思わずデスクの下を覗き込んだ。

局長の小野口に見つかってしまったので、ロッカーにあったすべての骨壺《こっつぼ》を、再びデスクの下に収納し直したはずだった。

その骨壺がない！　ひとつも——。

「神代さん、すみません。またかけ直します」

電話を切るなり、牧本は走った。オープンスペースまで来ると立ち止まり、ぐるりと辺りを見渡す。その場にいた職員たちは、何事かと振り向いた。牧本が目の玉をひん剝いて、何やら必死に探している。

「わたしのデスクの下にあったものを知りませんか?」

牧本が尋ねても誰も答えなかった。

「知りませんか!」

もう一度大声で訊《き》くと、「あの……骨壺のことですか?」と誰かに訊き返された。

「さっき業者さんが持っていきましたけど——知らなかったんですか?」

窓の外に、一台のライトバンが停まっているのが見えた。牧本はダッシュして駐車場に向かった。ライトバンの荷台には、たくさんの骨壺が並べられている。やはりあれだ!

「待ってください!」

声を張り上げるも、運転手は気づかないらしく、エンジンをかけた。

「霊園には連絡済みですよ」

背後から声をかけられ、振り向くと、福祉局長の小野口が、人を小馬鹿にしたようなにやけた顔で立っていた。ライトバンが発車し、二人の脇を通り過ぎる。思わず牧本が手を伸ばした。

「無駄ですよ、牧本さん。もう遅い」

「……」

「今から無縁墓地に納骨されます。何のことはない。電話一本で済む話じゃないですか」

　牧本は地面の一点を見つめていた。

「葬式を挙げたかったのですか？」

「……はい」

「あなたは独身で、身寄りもないそうですね」

「その通りですが」

「ひょっとして重ねていやしませんか。引き取り手のいない人たちと、ご自分を」

そう——なのかもしれない。しかし、この男の口から言われると、素直に頷けない。

それに、自分が死ぬ時は、他人に面倒をかけるつもりはない。そのために四十代の若さで墓を買い、保険にも加入している。死亡時の受取人は葬儀社の下林。自分が死んだら葬式は挙げず、茶毘《だび》に付し、買った墓地に埋めるよう頼んである。保険金は迷惑料だ。

「葬式というのは、遺族が行うものですよ。遺族が誰も参列しない葬式なんて、まやかしです」

「まやかし……ですか?」

「あなた、何のためにそんなことしてるの? 亡くなった人間を慮《おもんぱか》ってるんですか? そんなことしても意味ないでしょう。死んでるんだから。死んだ人間に感謝などできませんよ」

「わたしは感謝されようと思ってやってるわけではありません。それに死んでも、魂は——」

「魂などありません」

小野口が遮った。

「死んだらすべて終わり。無に還るのです」

「そんな……」

「これが真実です。天才物理学者ホーキング博士もそう言ってます」

立ち尽くす牧本を尻目に、小野口は自分の車に向かって歩き出した。エンジンをふかす音が聞こえた時、再び牧本の身体《からだ》にスイッチが入った。

発車しようとする車の前に回り込み、両腕を広げ、道を塞《ふさ》いだ。小野口が慌《あわ》ててブレーキを踏む。

「ちょっと！　何してるんだ、あんた。危ないじゃないか！」

小野口がウィンドウを下げ、叫んだ。

「わたしはそうは思いません」

「何っ……？」

「そうは思いません」

小野口を真っ直ぐに見据え、牧本が言った。

＊

また連絡すると言ったが、まさか警察署まで押しかけて来るとは思わなかった。

牧本は、蕪木孝一郎の遺体を引き取りに来たわけではない。調査に協力しろと言っているのだ。

「衝動的に暴力を振るっていた人物です。警察に記録が残っていると思うんです。パトカーも来ていたようですし」

「牧本さん、あんたいつから、ぼくらの真似事《まねごと》をするようになったの」

神代が皮肉を言っても、牧本にはまるで応えていないようだった。

「どこかで勾留《こうりゅう》されたり、服役していたりすれば、遺族と接触していた可能性もありますよね」

「まあ——そうですね」

「その場合、記録が残っているはずですよね」

「……」

「調べてもらえませんか」

調べることはできるが、得た情報を一般人に教えることはできない。しかし、申し出を受けなければ、牧本は帰りそうもない。是が非でも蕪木の身内を探しあてるという覚悟のようなものが、身体中からにじみ出ている。

「もし何も出なかったら、どうします」

「それは何も出なかった時に考えます」

「いや、それじゃダメだ。協力できません」

牧本の目を見据え、言った。

「わかりました。その時はあきらめて、遺体を引き取ります」

牧本は正しかった。蕪木の記録が残っていたのだ。資料をデータで取り寄せると、プリントアウトして牧本が待っている会議室に向かった。

ドアを開けるなり、牧本が神代が抱えていたクリアファイルを目ざとく見つけ、にんまりと笑った。

「もう随分前だけど県警の留置所に二回入ってる。いずれも喧嘩《けんか》です。で、身内が面会に来ていました」

「それが記録ですか」

牧本がファイルに手を伸ばしたので、神代が押し止《とど》めた。

「これは内部資料なんで、本来部外秘なんですよ」

「そうですか……でも、せめて面会者の氏名と連絡先だけでも教えていただけませんか。口頭で。書類は見ません」

「だから、口頭で教えるのも禁止なんですよ。個人情報ですからね。わかるでしょう?」

「はあ……」

「じゃあ、わたしはこれで」

帰り際に、神代はさりげなく持っていたファイルを床に落とした。

「あっ、落としましたよ、神代さん」

牧本がファイルを拾い、渡そうとしたが、聞こえないふりをして会議室を出た。

「神代さん」

牧本が馬鹿正直に追ってきた。神代は、歩みを速めた。

「神代さ〜ん。落としましたったら〜。待ってください」

神代がふり返り、怖い顔をして人差し指を唇《くちびる》に当てた。

「でかい声を出さないでください」

声を殺して言った。

「わたしはファイルを会議室に置き忘れちゃったんですよ。で、五分後に気づいて取りに戻る。それが真実です。真実はひとつしかないんです。いいですか？　五分後ですよ」

牧本は呆《ほう》けたような顔をして、こちらを見ていた。

クに戻った。

心の中で毒づきながら、フリーズしている牧本を置き去りにし、神代は大股でデス

――ったく、この男は……！

*

牧本は廊下に突っ立ったまま、考えていた。

そしてハッと目を見開くなり、ファイルを開いた。面会者の欄に津森塔子《つもりとうこ》、続柄・娘とある。急いで釣りベストからペンと手帳を取り出し、住所を書き写した。ここからさほど遠くない。

腕時計を見るなり、牧本は小さくうなずき、警察署を後にした。

津森塔子は畜産農家に勤めていた。食用豚を飼育しているという。

田んぼのあぜ道を歩いていくと、遠くに大きな建物が見えた。かなり離れたここからでも、異臭が確認できたから、あそこが塔子が働いている養豚場に違いない。

豚舎に着き、来訪の旨《むね》を伝えると、長靴を貸し与えられた。大きな扉が開かれるや

否《いな》や、今までの三倍の異臭が、ムンと鼻を襲い、思わず牧本はえずきそうになった。死臭とはまた違った、強烈な臭いだ。

狭い柵の中で、たくさんの豚がうごめいていた。キーキーと耳をつんざく声で、しきりに鳴いている。

「ホラ、あそこで作業してるのが、塔子さんです」

ブルーのつなぎを着たスリムな女性が、豚舎の奥で排泄物《はいせつぶつ》の掃除をしていた。おが屑《くず》が敷き詰められた狭い通路を、牧本は進んだ。

塔子がこちらを振り向いた。アルバムで見た少女が、そのまま大人になったような風貌《ふうぼう》だった。

掃除の手を休め、塔子が微笑《ほほえ》んだ。牧本も思わず微笑み返した。

「津森塔子さんですよね」

「そうですけど」

「あなたにお会いしたかったんです」

「……どちら、様ですか?」

笑顔が消え、怪訝《けげん》な表情になった。

「怪しい者ではありません。庄内市役所福祉課の牧本と申します」

牧本が釣りベストのポケットから名刺を取り出した。

「少しお話しする時間、いただけませんか」

「今、ここでですか？」

「はい」

「すぐに済みますか？」

再び箒《ほうき》を動かしながら、塔子が訊いた。

「すぐ……かどうかは」

「臭いが染み込みますから、すぐに済ませたほうがいいですよ」

「それでは単刀直入に。あなたのお父上が、お亡くなりになりました」

塔子の瞳が揺れた。


牧本と塔子は豚舎を出て、表のベンチに並んで腰を下ろした。塔子にアルバムを手渡すと、懐かしそうにページを捲《めく》り始めた。その横顔は上品で美しく、豚の糞尿《ふんにょう》にまみれる仕事より、モデルか女優でもやっていそうな風情だった。

彼女は何で養豚の仕事をしているのだろう、と思っていたところ、子豚を抱っこした幼い塔子が写っている写真が目についた。

「ああ、なるほど。小さい頃から豚がお好きだったからですね」

「はっ？」

「……いっ、いえ」

「ああ、この写真ですね。子どものころ、父もここで働いていたんです」

「そうだったんですか」

「豚は好きというより、感謝の気持ちで飼育しています」

「わたしも豚肉大好きなんで、豚肉に感謝してます」

塔子がクスっと笑った。

「この写真、たまたまわたしが遊びに来た時かなにかに、撮ったんだと思います。全然覚えていませんけど」

塔子がバースデーケーキの写真のところで捲る手を止めた。

「十歳――。もうかれこれ、二十年以上前の話ですね」

「お父様は、あなたのアルバムを、二十年も大切に保管されていたんですね」

「いえ、捨てずに持っていたからと言って、大切に保管していたかどうかは……」

塔子はパタンとアルバムを閉じ、古びた表紙に手を置いた。やはり塔子も、父親のことを快く思っていないのかもしれない。

「まあ……おっしゃる通りですが」

アルバムは古雑誌の山の中に埋もれていた。

「ごめんなさい。気を遣ってくださっているのに」

「ご尊父の葬儀に参列していただけませんか？」

意を決して願い出た。

「葬儀ですか？　どなたが葬儀をするんですか」

「わたし……いえ、市役所です」

「市役所にそこまでしていただけるんですか？」

塔子が目を丸くした。

「お一人でも多くの方に参列していただきたいんです」

「……」

10

牧本は、次の訪問先ではさすがに目をぱっちり見開いて、話を真剣に聴いていた。ところがその次では、また舟を漕ぎ始めた。陽子はもはや怒る気力さえ起きなかった。

――やっぱり無理なのかな。またメモ係に戻そうか。

いや、もう少しやらせてみよう。そもそもペアで行動するからいけないのだ。独り立ちはかなり先だとは思うが、いつまでもママと一緒じゃ甘えの体質からは抜け出せない。

そんな折、陽子はインフルエンザに罹《かか》った。熱が三十九度も出て、医者からは絶対安静を言い渡された。

その日は、家庭訪問が一件入っていた。被保護者は、かなりヘビーな問題を抱えた三十代男性。ぜひ、彼と面談したかったが、この身体ではそれもままならない。

キャンセルの連絡を入れようか、迷った。なぜなら前回も陽子の都合で一度キャンセルしているからだ。祖母が倒れたと連絡があったので、仕方なかった。しかし、今回も取り消すとなれば、せっかく築いた信頼関係にひびが入りかねない。

――しょうがないか……。

牧本に連絡し、一人で行くよう指示した。

「えっ！　ぼくがですか!?」

受話器の奥から、緊張している様子が伝わってきた。

「そうよ。あなたならできる。悪いけどあたし、また薬飲んで寝ないといけないから。じゃあ、よろしく」

受話器を置いたと同時に、不安が湧き上がってきた。

臼田《うすだ》という訪問先の男性は、春に交通事故で妻と幼い娘を亡くした。妻子を乗せた車を運転していたのは、臼田本人だった。ハンドル操作の誤りで壁に激突し、車は大破。臼田だけは奇跡的に助かったものの、腰に障害を負い、今は車椅子生活を送っている。エアコンの取り付け作業を生業《なりわい》としていたが、それも出来ぬ身体となってしまった。

最愛の家族を、自己の過失により失ったという罪の意識に苛《さいな》まれ、心身共に衰弱した臼田は、引きこもり、酒に溺れていた。

——がんばるのよ。牧本くん。

ここが彼にとっての正念場なのだ。


牧本を一人で家庭訪問に行かせた翌々日、陽子は職場に復帰した。

登庁するなり牧本を捕まえ、「どうだった？」と訊いた。キョトンとした顔が返ってきたので「臼田さんよ」と付け加えた。

「ああ、臼田さんですね。訪問記録を書いておきました」

「それは後で読ませてもらうけど、直接牧本くんの口から聞きたい」

「わ、わかりました」

家庭訪問の翌日も、家に来て欲しいと臼田から牧本にリクエストがあったという。

「二日連続で？」

そんな話は今まで聞いたことがなかった。

「はい。初日は二時間くらい話してたんですけど、次の日は三時間——いや、四時間くらいでしょうか。一緒にお昼ご飯も食べましたし」

「一緒にお昼まで⁇　それほど長い時間いったい何を話してたの？」

「ぼくはあまり話してません。臼井さんがずっと話してました」

「やっぱり辛《つら》いって?」

「はい。でも働くって言ってました。以前勤めていた会社で」

勤務先のエアコン工事会社は、取り付け作業が出来なくなった臼田に、総務でデスクワークをしないか、とオファーを出していた。だが、臼田は断った。まだ気持ちの整理がついていなかったのだろう。陽子も臼田の気持ちを尊重し、強くは勧めなかった。臼田の生活扶助は、長期間続くことを覚悟していた。それなのに……。

「いったいどうやって臼田さんを説得したの? 牧本くん」

質問の声が自然に裏返った。

時が解決した、とは思えない。臼田は相変わらず傷心の真っただ中にいたはずだ。

「説得というか……今言った通り、ぼくはほとんど聴いていただけでしたから」

少なくとも居眠りはしていなかった、ということか。

「やっぱり、一人で面談したら居眠りなんてできないでしょう?」

「はい……でも、場合によってはまたしちゃうかもしれません。良くないことですけど」

「えっ？」

「本物の人が言うことは、居眠りしないで聴きます。でも偽物っぽい人の言ってることを聴いてると、だんだん眠くなってくるんです」

本物？　偽物⁇

陽子はふと思い出した。牧本が最初に居眠りしたのは、あの元タクシー運転手、長澤宅でのことだった。長澤は役者をやりたい、ボーカルもやりたいなどと、ふざけたことを抜かしていた。

そして、あちこち海外を旅行して土産物を仕入れ、貿易会社を創りたいなどと抜かしていた鬱病の吉川との面談でも、牧本は眠たげな目をしていた。鬱なら海外旅行などできるはずもないのに、嬉々として語っている姿を見て、この人はもう完治していると、陽子は思ったのだった。

はっきり言ってこの二人には、もう生活保護など必要ない。いい加減真面目に働け、と言いたかった。

――だから、「偽物」ってことなのね。

これに対して、本物の悩みを抱えている人間の話すことには、牧本は居眠りなどせず、真摯に耳を傾けたのだろう。臼田がいい例だ。牧本は延べ六時間も臼田の話を聴いた。彼が「本物」だったからに他ならない。おまけに牧本は、臼田を生活保護から脱却させることに成功した。

――あたし、あの子のこと、見くびっていたのかもしれない……。

訪問記録専門にやらせていた時は、本物の話も偽物の話も分け隔てなく聴いてメモを取っていた。牧本にとって内容の審査などどうでもよく、記録を残すことだけが仕事だったからだ。しかし、聴いて、吟味して、判断しろと指示を飛ばした途端、彼は変容した。

重要な事柄と、どうでもいい与太話の区別がつかない、などと見下していたが、大きな間違いだった。

牧本は、きちんと真実を見極める目を持っていたのだ。

ケースワーカーに一人欠員が出たと、課長の上田から連絡があった。

一身上の都合で退職したという。だが皆、辞めた同僚がノイローゼ気味で病院通いをしていたことを知っていた。精神を病む人間が多い職場だ。

「残念ながらまだ代替要員が確保できてないから、当面はきみたちで分担して穴埋めをしてくれたら助かる」

えっ？　マジかよー、これ以上もう無理……、俺も辞めてー、給料上げろよ等々、聞こえよがしの文句があちこちから上がったが、上田はポーカーフェイスで「よろしく」とだけ言い残し、自室に戻って行った。

頃合いを見計らって陽子は課長室のドアをノックした。

「何だって？」

陽子の提言に上田が瞠目《どうもく》した。そして次の瞬間、

「だめだだめだだめだ！」

と激しく首を左右に振った。

「彼はアシスタントとして異動してきたんだぞ。全面的に任せるなんて、そんなことはできん」

陽子は辞めた人間の仕事を、牧本に引き継がせては、と提案したのだった。

「でも牧本くんは進歩しました。もう独り立ちできます」

懸案だった生活保護費の算定もミスなくできるようになった。時間はかかるが、必

ずやり遂げるのが牧本なのだ。

「事務仕事ならともかく、対面の仕事は無理だろう。しゃべりがまったくできてないじゃないか。時々牧本は本当に日本語が理解できてるのかって、疑うことがあるぞ」

「もちろんちゃんと理解できてます。それに、ああいうキャラって案外被保護者を安心させると思うんです」

「安心させるのも結構だが、きみたちケースワーカーの仕事は被保護者に適切な助言と、生活指導を行うことだぞ。牧本にできるのか？」

「できると思います」

陽子は臼田のケースを紹介した。あれだけシリアスな問題を抱えた臼田の社会復帰を、僅《わず》か二日の面談で叶《かな》えたのだと。

上田は暫《しばら》く考えた後「やはり却下だ」と言った。

「臼田さんのケースは、たまたま上手くいっただけだろう。っていうより、牧本と話す前から、もう職場復帰を決めていたのかもしれない」

「いえ、そんなことはないと思いますが」

「どうしてきみにわかる？」

「……」

初回の交渉は失敗した。しかし陽子は諦《あきら》めなかった。

「牧本くん、早く一人前のワーカーの仕事をしたいでしょう」

牧本はもじもじしながらも「はい」と答えた。

形勢は、陽子や牧本にとって有利に働いていた。辞めた人間の後任がなかなか決まらなかったのだ。他の部署から希望者を募ったが、誰も手を挙げなかった。仕方がないので、候補者をこちらで決め、異動を打診したところ「生活保護課に行くくらいだったら、役場を辞めます」と言われたらしい。

ところがある日、ほくほく顔で上田が皆の前に現れた。

「新しい人が来ることになったから。ちゃんとした社会福祉士の資格を持った人だよ。以前は病院の心療内科で働いていたそうだ」

――ええっ!?　何でなのよ～。

陽子は落胆を隠すことができなかった。牧本の自立がこれで遠のいた。しかし、当の牧本は気落ちした様子もなく、いつも通り淡々と業務をこなしていた。

新任の社会福祉士、野々村《ののむら》は、一目見ただけで苦手なタイプだと感じた。背が低くがっちりしていて、人を威圧し、見下すような、独特のオーラを放っていた。

野々村は陽子の隣の席に座った。いきなり「よろしく」と握手された手が、ねっとりと濡れていて何だか気持ち悪かった。

知り合って三分もしないうちに、野々村は陽子にプライベートな質問をしてきた。今の基準でいえば、完全にセクハラである。

「へえ、彼氏、いないんですか？　お綺麗《きれい》なのにもったいない。俺、頑張っちゃおうかなー」

いったい何を頑張るというのだろう。こちらの苦手意識が伝わっていないのか。いないとしたら、わからせるしかない。

「さあ、そのつまらないおしゃべりはもう止《や》めて、仕事に戻りましょう。あたし、忙しいんです」

ツンと顎《あご》を立て、ワープロ画面に戻った。

「まあ、嫌い嫌いも好きのうちってね。俺、自信ありますから」

野々村がにやりと笑い、聞こえよがしに言った。

この男、大丈夫かと思ったのは、こんなやり取りがあったからだけでなく、電話応対のひどさが際立ったからだ。すぐ隣に座っているので、野々村の声は筒抜けだった。

「木崎《きざき》さ〜ん。まだそんなこと言ってるの？　もっと気合入れなきゃダメだよ。世の中にはあなたより深刻な問題抱えている人が、山ほどいるんだから。例えば、アフリカで飢餓《きが》や疫病に苦しんでる子どもたちを見てみなよ。そういう人たちの前で恥ずかしくない？　聞いてる？　ねえ木崎さん——」

被保護者を指導しているつもりのようだが、これでは逆効果だ。相手のためというより、指導している自分自身に陶酔しているだけではないか。その証拠に声がどんどん大きくなるから、陽子だけでなくフロアにいた全員に、否が応でも野々村の講釈が響き渡った。

「ったくもう、ほんと、しょうがない人だよねー」

電話を切るなり、野々村が陽子に向き直り、言った。どうだ、おれの説教、かっこよかっただろ？　とでも言いたげな目をしていた。

11

牧本は仕事が終わった塔子の運転する軽自動車の助手席に、緊張した面持《おもも》ちで座っていた。そもそも車が苦手である。だから運転免許も持っていない。清楚《せいそ》な外見の割に、塔子の運転は荒っぽかった。

「よく覚えてますよ。電話がかかってきた日は、ちょうどわたしの二十歳《はたち》の誕生日でしたから。ずっと音沙汰《おとさた》がなかったのにいきなり、それも留置所から連絡なんて、ホント、父らしいと思いましたよ」

「蕪木さんは、塔子さんの誕生日を覚えていたのでは」

塔子はフンと鼻を鳴らし「どうですかね」とつぶやいた。

「『誤解を解きたい』とか言ってましたけどね」

「なんの誤解ですか？」

「わたしと母を捨てたこととか」

「誤解は解けたんですか」

塔子が大きくかぶりを振った。

「誤解を解くためなんて口実で、本当は警察の人に身元引受人を要求されて、仕方なくわたしたち母子に電話しただけでしょう。いい年して喧嘩して、目の周りに青たん作って、誤解を解きたかったなんて、口から出まかせ言われて、わたしももう気持ちが抑えきれなくなって――」

塔子がアクセルを踏み込んだ。時速は既《すで》に八十キロを超えていた。

「いろいろひどいこと言いました。仕舞には向こうも怒鳴《どな》り返してきて。元々怒りっぽかった人だから。で、何だかもう無茶苦茶になって。警察の人に止められて。それっきりです」

「そうでしたか……ところで塔子さん」

「はい？」

「怖いのでスピード落としてください」

あ、ごめんなさいと、塔子はスピードを緩《ゆる》めた。

塔子の家は、こぢんまりした古い平屋だった。

牧本は奥の仏間に案内された。仏壇には女性の遺影があった。

「母です。三年前に病気で亡くなりました」

牧本はすかさず、釣りベストから線香を取り出し、火を点《つ》けた。

「いつもそれ、持ち歩いてるんですか」

「はい。おみおくりが、仕事ですので」

牧本はお鈴を鳴らし、合掌《がっしょう》した。

蕪木の妻は、千晶《ちあき》というらしい。みはるに勝るとも劣らない美貌の持ち主だった。みはるといい千晶といい、どうしてこんなに美しい女性たちを、蕪木は見捨ててしまったのだろう。

二人はリビングに移動した。塔子がお茶を入れている間に、牧本は部屋の中をぐるりと見わたした。

サイドボードの上には、千晶と一緒に写った塔子の写真が何枚か飾ってあった。かなり前に撮ったのだろう。塔子の顔にはまだあどけなさが残っている。千晶は遺影より若く、はつらつとしていた。

壁にも写真があった。立派な額縁に入った白鳥の写真である。

「あっ、それ、カメラマンの知人が撮った写真です。結構有名な人なんですよ」

お茶を運んできた塔子が、牧本の視線に気づき、言った。さすがプロの写真家だけあって、力強く羽ばたく瞬間が見事に切り取られている。

「白鳥お好きなんですか?」

「好きです。子どもの頃からずっと」

「実は、お父様も白鳥の写真を撮っていたんですよ」

魚住食品に勤めていた頃に、と付け加えたが、塔子は知らないと素っ気なく答えた。

「さっき話した通り、母とわたしを捨てた後は、警察に呼び出されるまでずっと、連絡がなかったですから」

「一枚だけじゃなくて、何枚も撮っていたんですよ。あなたに見せたかったんじゃないかな」

この場に蕪木の携帯を持ってこなかったことを、牧本は悔やんだ。

「さあ、そんなことはないと思いますけど」

「今度会う時に、お父様の携帯を持ってきますから、ぜひご覧になってください」

と言っても、参列を拒否されたら、もう二度と塔子に会うことはないだろう。

「あ、そうそう」

塔子がポンと手を叩いた。これを見せるために、牧本を家に招いたことを忘れていた。

「先ほどお話しした、槍田《やりた》さんという、父の元同僚からのものです」

塔子が、牧本の前に一通の封書を置いた。差出人・槍田幹二《かんじ》とある。短い手紙と写真が添えられていた。

「父の連絡先を知りたがってたんですが、わたしたちが、知るはずもなく。もう十年くらい前の話ですけど」

古ぼけた写真には、肩を組んで微笑む二人の若い炭鉱作業員が写っていた。一人は蕪木だとすぐに分かった。若い頃の蕪木は、やんちゃな風貌ながら、なかなかの美男子だ。

「お若いですね」

「まだ二十代でしょうね。わたしが生まれる前ですから。槍田さんならお葬式に来てくれるかもしれませんよ」

「塔子さんも、ぜひご一緒にいらしてください」

塔子はうつむいて黙り込んだ。

「わたしももう三十を過ぎましたから、今だったら、父の話を落ち着いて聴いてあげられるとも思ったんですが……やっぱり無理。二十歳のあの頃と変わりません。わたしは、父を許すことができないんです」

塔子の視線がサイドボードの写真に向けられた。

「――これでもう、親はいなくなったのね」

口元を押さえ、塔子は静かに泣き始めた。牧本は居たたまれなくなって、席を立った。

「悲しい思いをさせ、申し訳ございませんでした。そろそろお暇します」

「いえ、こちらこそ、すみません。せっかく来ていただいたのに……」

「どうぞお構いなく。一人で帰れますから」

立ち上がろうとする塔子を制し、牧本は玄関に向かった。

牧本は、自宅のソファに横たわり、じっと目を閉じた。

最初に浮かんだのは、激高した神代の顔だった。塔子の情報を漏らしてくれたので、多少なりともこちらの気持ちを理解してくれるようになった、とは思うものの、これ以上引き延ばせば、またどやしつけられるだろう。

——そろそろ潮時かな……。

ニャーと野太い鳴き声がした。そういえばまた餌《えさ》をやり忘れていた。

ゴロツキはがつがつと意地汚く、キャットフードを貪った。近ごろ元気がないと勝手に思っていたが、どうして凄《すご》い食欲ではないか。

突然、どこからともなくオウムのコジロー君の声が聞こえてきた。頑張った、頑張った、頑張った――。

――頑張った……か？　いや、まだだろう。

身体の奥からエネルギーが湧いてきた。牧本は槍田と蕪木が写っている写真を取り出した。若い蕪木の笑顔はどこか寂し気だ。

――蕪木さん。もう少し頑張ってみます。

庄内市の特別養護老人ホームは、市街地を望む小高い丘の上にあった。いろいろ検索した結果、槍田は現在この施設で余生を送っているらしい。

「槍田さんは今入浴中ですけど、お会いになるそうです」

若い女性介護士が牧本に微笑んだ。

「入浴中にお邪魔していいんですか？」

「ええ。景色が素晴らしい大浴場ですよ。当センター自慢のお風呂です」

案内されたのは、全面ガラス張りの、緑が生い茂った山間《やまあい》に市街や、その向こうには海まで望める、一大パノラマ浴場だった。

一人の男性が、こちらに背を向けて湯舟に浸かっていた。他に人影はない。景色を独り占めしているようだ。

「初めまして。庄内市役所福祉課の牧本と申します」

槍田が振り向いた。だがこちらを見ている風ではない。サングラスを掛けていた。明後日《あさって》の方向に向かって「槍田です」と挨拶《あいさつ》した。

牧本が来訪の経緯を伝えると「懐かしいなあ」と槍田がつぶやいた。

「……そうか、死んじまったか。俺より若いのにな……」

「蕪木さんとは、若い頃ご一緒に働いておられたんですね」

「ああ。炭鉱でね。ひでえ仕事だった」

槍田が吐き捨てるように言う。

「ガスが出たんだよ。もうかれこれ四十年以上前の話だが」

「ガス？　炭鉱でですか」

「そうだよ。ずいぶん前から濃度が上がってきていたのに、上の連中は生産性優先で、対策をまったく練らなかったんだ。そして案の定、ある日突然、ドカンってさ」

「爆発したんですか」

「ああ。大部分の奴は煙吸って死んだ。残りは焼け死んだよ」

「槍田さんは現場にいらっしゃったんですか」

「いた。蕪木もいたよ。あいつは不死身でさ。蒸し焼き状態の坑内でもピンピンしてよ」

　槍田がサングラスを外した。

「蕪木は命の恩人だよ。粉じんで目をやられたおれをおぶって、逃げてくれたんだ。おい、聞いてるか？」

「もちろん、聞いてます」

「そうか。すまねえな。時々気配を感じなくなる時があるんだよ。ちゃんとそこにいてくれるんならいい」

「はい。ここにいます」

「あいつは、仲間の死体をいくつも踏み越えて逃げたって。そう言って泣いた。まあ、おれはそれを見ずに済んだけどな」

介護士がやってきて、槍田を風呂から上げた。牧本も手伝った。かつては屈強だったに違いない槍田の身体は、随分と痩せ細り、軽かった。

槍田を車椅子に乗せ、施設のバルコニーに出た。山間から吹く風が肌に心地よい。

「あいつは昔から女にモテてさ。別にやつの方から女を探してたわけじゃない。自然に女が寄ってくるんだよ。強面《こわもて》で、無口で、すぐ手を出すやつだったのに、女ってのはそんな男に魅力を感じるものなのかね。いや、おれも似たようなタイプだけど、まったく女にゃモテなかったぞ」

車椅子を押していた女性介護士が、クスクスと笑った。

「若い頃はあいつとよく一緒に遊んだよ。羽目外していろんなことやってたなあ」

「千晶さんとも面識があったんですか」

「千晶?　ああ、蕪木の嫁さんだな。一度だけ会ったことがあるけど。あいつが炭鉱辞めた後、どこかで知り合って結婚したんじゃなかったかな」

「炭鉱を辞めた後は、養豚場で働いていたようですが」

「いや、それはもっと後の話じゃないか。所帯持つ前は路上生活送ってたはずだよ。ほら、橋の下の河川敷で――」

槍田が言った場所は、牧本もよく知っていた。庄内でも有名なホームレスがたむろするエリアだ。

「槍田さん、そろそろ検査の時間ですよ」

介護士が言った。

「ああ、そうだった。悪いね、牧本さん」

「いえ、こちらこそお邪魔しました。また、お時間取らせていただくことは可能ですか」

もう少し蕪木の話が聞きたかった。

「ああ、いつでも来たらいい。おれを訪ねてくれる人間なんぞ、あんたぐらいなもんだよ」

四十年近く前に蕪木がホームレスをしていたという、河川敷に寄ってみようと思ったのは、ちょうど施設からの帰り道にあったからである。

辺りには、段ボールやブルーシート、ベニヤ板でできた掘っ立て小屋などが並んでいた。食事時なのか、炊き出しの香りが漂ってきた。

河原で洗濯をしていた初老のホームレスに近づき、ダメ元で蕪木のことを訊いてみた。ホームレスは怪訝な顔をしたが、蕪木の若い頃の写真を見せると「ああ、こいつなら知ってるよ」と瞠目した。

「ちょっとした有名人だったからな」

どれどれと、他のホームレスたちも集まって来た。皆蕪木と同世代か、それ以上の年齢だった。

「お話を聞かせてもらえませんか」

「まあ、それはいいけどよー。普段あまりしゃべんねーから、喉を潤さないとな」

「お水、持ってきましょうか」

「いや、水じゃなあ」

「ではウーロン茶」

「う〜ん。もっとこうカ〜ッ、とくるやつがいいなあ」

「レッドブルですか」

「あんた、驚くほど察しが悪いな」

老人が吐き捨てるように言った。

「酒だよ、酒」

下戸の牧本は、「――ああ」と首肯《しゅこう》した。

この先にコンビニがあるから、とパシリをやらされた。もちろん酒代を払うのは、牧本である。

コンビニには着いたものの、どんな酒を買ったらいいのやら、皆目見当がつかない。こちらに背を向けて棚の整理をしていた女店員に「あのー、なんかこう、カ～ッとくるようなお酒ってないですかね」と訊いてみた。

振り返った店員は、どう見ても女子高生のアルバイトだった。

「それならバーボンがいいっすね」

女子店員は七面鳥のラベルがついたボトルをつついた。

牧本が河川敷に戻ると、老人たちがカセットコンロに載った鍋を囲んで待ち構えていた。牧本の腕からレジ袋を奪い取り「おっ、ワイルドターキーじゃねえか」などと、黄色い歯をむき出して破顔した。

たちまち、酒盛りが始まった。牧本も酒を勧められたが断った。

「何でえ、若いのに、つまらねーやつだな」

すでに呂律《ろれつ》がおかしくなりかけている。これ以上飲ませると話どころではないと思い、老人の手からボトルをひったくった。

「飲みますから。そろそろ蕪木さんのことを教えてください」

紙コップに注いだバーボンをあおった瞬間、「うえええええええっ！」とえずいた。咳《せ》き込む牧本の背中を、老人たちが大笑いしながら擦《さす》った。

「もったいねえから、吐き出すなよ」

「もうこいつに飲ませんな」

「えっと、あいつのことだったよな。脂身……じゃなくて、コオロギでもなくて、神《かむ》漏岐《ろき》でもなくて、そうそう、蕪木だ！」

「あいつは目立ってたよな。身体も態度もデカかったから。俺なんか、なるべく目合わせないようにしてたよ」

「でもヤツが来てから、ガキどもが悪さしなくなったな」

「あいつがギロリと睨《にら》むだけで、やんちゃな中学生も、ションベン垂らして震えてたもんな」

老人たちが口々に語りだした。

「でも、あいつ、女の前じゃ、借りて来た猫みてえに、大人しかったじゃねえか」

「女？　ああ、あの娘ね。ホラ、髪の毛長くて、スタイル良かった……名前、思い出せねえけど」

「千晶……じゃなかったか？」

「そうそう！　千晶ちゃんだよ」

「千晶さんですか？　写真で見ました。綺麗な方でした」

牧本が言った。

「そうなんだよ。みんなの憧《あこが》れの的だったのに、何であんなやつとくっついたんだって」

「そもそも俺たちみたいな宿無しに惚れるなんて、物好きな女だよな」

「民生委員やってたからな」

「にしてもよー」

「蕪木は、すけこましだったから」

「だけど蕪木、千晶ちゃんと所帯持ってから、ちゃんと仕事してるんだろう」

「実は――」

蕪木は先日逝去したばかりであることを告げた。とっくに別れた千晶も、三年前に亡くなったと付言した。

「そうか……」

老人たちが黙り込んだ。

「じゃあ死んだ時、あいつは――」

「独りでした」

「じゃあ、おれたちと一緒じゃねえか」

「上野《うえの》さん、あんたにゃ娘がいるだろう」

「バカヤロー。もう二十年以上会ってねえよ」

「蕪木さんにも娘が二人います。千晶さんとの間にできた塔子って娘と、別の女性との間にできた衣都って娘です。蕪木さんは衣都さんの存在を知らないまま、お亡くなりになりました」

「女泣かせの野郎だなー」

「死んじまったのか……」

皆が黙り込んだ。

「蕪木と千晶に献杯だ」

上野と呼ばれた老人が杯を上げると、全員が倣《なら》った。

「あそこ、見えるだろう」

指された先には、朽ちかけた木製のベンチがあった。

「蕪木と千晶ちゃんは、よく二人であそこに座ってたんだよ。何時間もな」

「肩なんか寄せ合っちゃってよ。俺たちゃ、見て見ぬふりしてたけど、内心、はらわたが煮えくり返っててさ」

「ふたりとも死んじまったんだよな――」

再び沈黙が訪れた。

牧本はベンチまで歩いていった。

「おい。座るんじゃねえぞ。底が抜けちまうから。怪我《けが》するぞ」

老人の一人が声をかけた。

「はい」と答えるも、ゆっくり腰を下ろしてみた。途端にみしみしと嫌な音がしたが、ベンチは壊れなかった。

四十年前にはこのベンチも頑丈で、若い二人の逢瀬をしっかり支えていたのだろうと、牧本は想像した。

12

陽子にとって耐えられなかったのは、牧本に関して野々村がいろいろ言ってくることだった。

「あいつ、あのままじゃ絶対マズいよ。俺に預けてくれたら鍛《きた》え直してやるから」

「いいえ。結構です」

「どうして。まさか牧本はきみの専用秘書じゃないよね?」

「もちろん、違いますよ」

本当はそのようなものだが、説明するのが面倒くさかった。

「だったら俺に預けなよ」

「ダメです」

「俺、ちょっと嫉妬《しっと》しちゃうんだよね。きみと牧本、いつも一緒にいるからさ」

野々村が素早くウインクした。背筋にぞくっと悪寒が走った。

この男はいったい何を言っているのだ。あたしと牧本くんは——と説明しかけたところ、野々村がすっくと立ち上がり足早に立ち去った。

五分ほどして戻って来た野々村は、

「課長の許可、取り付けたよ。牧本を指導していいってさ」

「えっ？」

「おい、牧本」

野々村が、陽子の隣で電卓を叩いていた牧本に声を掛けた。

「今から家庭訪問行くから、ついてこい」

牧村が戸惑った顔で陽子を見た。陽子はひとつ息を吐くと、

「とりあえず一緒に行きなさい。あたしは上田課長と話をつけてくるから」

牧本を引っ立てるように連れて行く野々村を尻目に、陽子は課長室のドアをノックした。

「特段問題はないだろう」

上田課長が言いづらそうに口を開いた。

「大ありですよ。野々村さんが牧本くんをきちんと指導できるか、疑問です」

「できるだろう。課で一番経験豊富な有資格者なんだぞ」

そういう履歴上のことばかりではなく、彼の中身をきちんと見てくれ、と詰め寄った。

「それは各々《おのおの》やり方があるだろうから。きみのやり方と違うからといって、野々村くんが優秀ではないという証明にはならんぞ。それに――」

上田が眉《まゆ》をひそめた。

「なぜ、牧本くんは水野さんばかりに使われてるんですか？　こんなの不公平ですって苦情も各所から来てるんだよ。だから牧本をそろそろ別の人間に預けるタイミングなんだ」

「……わかりました」

これから牧本は苦労するだろうな、と陽子は思った。まあそれも一つの経験かもしれない。組織にはいろいろなタイプの人間がいるし、部下は上司を選べない。牧本には野々村を反面教師とし、さらなる成長を遂げてほしかった。

初日から野々村は、牧本をあちこち引きずり回した。重たい書類を運ぶのはいつも牧本。訪問記録を書くのも牧本。生活保護費を計算するのも牧本――。完全に便利屋で使われているような気がした。とはいえ、最初の頃は陽子も、牧本に似たような仕事の振り方をしていた。

野々村が席を外している時、陽子は牧本にそっと近づき「調子はどう?」と訊いてみた。牧本としゃべるのは久しぶりだった。

「はい。ぼちぼちやってます」

「何か困ったことはない?」

「いえ。特にないです」

「野々村さん、ちゃんと指導してくれる?」

「まあ、はい」

暖簾《のれん》に腕押しのような会話だった。そもそも牧本は、愚痴や他人の悪口を一切言わない。泣き言も聞いたことがない。一人で抱え込んでいるのではなく、これが彼の強さなのだ。

「困ったことがあったら、いつでも言ってね」

「はい」

野々村が席に戻ってきたので、これで会話を打ち切った。

野々村の下に就くようになってから、牧本の残業が増えた。いつも書類の山に囲まれながら、寡黙《かもく》に鉛筆を走らせたり電卓を叩いたりしている。

片や野々村は、だいたい定時で引き揚げた。「それ、明日までに仕上げておけよ」と横柄に指示を飛ばし、そそくさと退庁する。一度など、しゃかりきになって数字と格闘している牧本を尻目に、

「水野さんももう退《ひ》けるでしょう？　よかったら一杯飲んでいかない？」

などと誘ってきた。予定があるからと冷たくあしらい、牧本を見やって「手伝ってあげなくて、いいんですか？」と質《ただ》した。

「優しいんだな～、水野さんは」

野々村がわざとらしく眉尻を下げた。

「俺が新人だった頃は、鬼課長ってのがいてさ。厳しさは今の百倍くらいだったよ。

何しろ潰瘍になったり、白目ひん剝いてぶっ倒れて、救急車で運ばれたやつもいたからね。それに比べりゃ、こんなのは甘い甘い。役所ってのは本当に甘い。甘やかすから牧本も、こんなになっちゃったんだよ」

反応してはいけないと思いつつ、唇を嚙《か》みしめた。

「その怒った顔もなかなかチャーミングだよ。じゃあまた明日」

ウインクすると、野々村は背を向けた。その後頭部に、後ろ廻し蹴《け》りをぶち込んでやりたかったが、何とか堪《こら》えた。


ある日、同期の女子とランチを取っていた時のこと。

「あたし、さっき表で生保に新しく来た人、見たと思うんだ……見間違えかもしれないけど」

同期女子は、違う階にある部署に勤めていた。

「固太りで背の低い人？」

「そうそう。普通にしてると目がちょっと怖くて、でも何だかいつもヘラヘラしてる人。特に女性の前では」

間違いない。野々村だ。野々村は十時頃牧本を連れ、家庭訪問に出かけていた。同期女子は、午前中感熱紙を買いに街に出かけたところ、野々村を見かけたのだという。

「挨拶したの？」

「しなかったよ。見てはいけないものを見てしまった気がしたから」

パチンコ店から出てくる野々村を、目撃したのだという。

「うそっ」

思わず叫んでしまった。

「本当よ。これ、誰かに言ったほうがいいと思ったから、とりあえず陽子に相談したんだ」

「ありがとう。この件、あたしが預かるから。ひとつ確認しておきたいけど、野々村さんは一人だった？　誰かと一緒じゃなかった？」

「一人だと思う。パチンコ店から出てきて、すぐ隣の喫茶店に入っていったけど、ずっと一人だったし」

ということは、牧本を訪問先に置き去りにし、一人パチンコを楽しんでいたのだ。

こんなことが許されるはずがない。

ランチから戻り、牧本の帰庁を待った。牧本は一人で役所に戻って来た。

「野々村さんですか？　今朝車で斎藤《さいとう》さんの家まで連れてってもらったんですけど、大事な仕事があるから面談は一人でやれって言われて――」

野々村は牧本を被保護者宅で降ろし、自分はどこかに消えてしまったという。

「こういうこと、頻繁《ひんぱん》にあるの？」

「これで三度目です。野々村さんに、課の人には誰にも言うなと言われましたけど」

牧本に言うなと言えば、誰にも言わないとでも思ったのだろうか。

「牧本くん。一緒に来て」

牧本の腕を取り、大股でフロアを横切った。ノックもせず課長室に入り「重大な話があります」と切り出した。

上田課長は、憔悴《しょうすい》した顔をこちらに向け、陽子と牧本を交互に見比べた。そして、何かを察したようにうなずき、

「ああ。俺のところにも来てるよ」

と言った。野々村に対する苦情が、上田に届いているという。

「一件だけじゃなく、複数件来てる。それも通常の相談窓口を通してじゃない。市長宛の投書箱やら、市議団の事務所にまでクレームが来たようだ。みんな相当頭に来てたんだろうな」

大部分は、野々村の横柄な態度に憤慨《ふんがい》した、というものだった。上田はファイルからコピーを取り出し、読み上げた。

「こちらの言い分にいっさい耳を傾けず、何かといえば『それは甘えだ』と切り捨て、自説を滔々《とうとう》とまくしたてる。偉そうに説教している自分に酔ってるだけで、もの凄く不快です――」

わかるわかる、と陽子はうなずいた。こんな男がなぜ社会福祉士の資格を取れたのか、大いなる謎だった。

「それだけじゃありません。あの人は午前中、仕事をサボってパチンコをしてたんですよ」

「本当か？　事実だとしたら大問題だぞ」

上田が瞠目した。

「事実です。目撃者がいますから。今朝家庭訪問に出かける振りをして、パチンコ店に行ったんです」

「家庭訪問は嘘《うそ》だったのか」

「いいえ。牧本くんが一人で担当しました。これで三度目だそうです」

上田が眉間《みけん》をつまんで揉《も》みながら「なんてことだ……」とつぶやいた。上田はクレームの続きを読み始めた。

「――野々村さんと一緒に来た、若い見習いの方のほうが、遥かにわたしの話を聴いてくれました。彼はとてもしゃべりやすくて、信頼できる人だと思いました――」

陽子が牧本を振り向いた。牧本は笑みを浮かべるでもなく、無表情で突っ立っていた。

「これ以外にも、牧本くんを褒《ほ》める投書が来ている」

ホラ、言ったでしょう。だから外部から人を雇う必要なんかなかったのよ。最初から牧本くんに任せておけば、問題は起きなかったのに――と心の中でつぶやいたが、口には出さなかった。上田からは、状況を理解し、改悛《かいしゅん》している様子が窺《うかが》えたからだ。

「牧本」

上田課長が牧本に向き直った。

「できるか？　一人で」

「な、何がですか？」

本当に質問が理解できていないような顔で、牧本が聞き返した。陽子が脇腹に肘鉄《ひじてつ》を食らわすと、牧本の身体にスイッチが入った。

「は、はい。できる……と思います」

「と思います？」

もう一度、さらに強い肘鉄を入れた。牧本は腰をくの字に曲げ、苦悶《くもん》の表情を浮かべながら、

「はい。できます！」と答えた。

「よおし」

上田がゆっくりとうなずいた。


程なく野々村は辞職した。

本来なら懲戒免職でもおかしくないのだが、雇用した上田が情けをかけた。いつもは自信満々で人を見下していたのに、離職が決まってからの野々村は、以前からは想

像もつかないほど意気消沈していた。

本来は小心者だったらしい。それを隠すために虚勢を張っていたら、人々が黙り込むようになり、自分が一目置かれていると勘違いした野々村は、益々傲慢《ごうまん》になっていったのだ。

前の職場でも、精神疾患を抱えた患者たちとトラブルを起こし、クビ同然に辞職していたことが、後になって判明した。

牧本は陽子や上田の期待通り、業務をこなした。

牧本の最大の武器は、共感力だ。

本物の悩みを抱えた人々の言葉を、漏らさずすべて聴き取り、共に悩み、苦しみ、悲しんだ。その真摯な姿勢は、すぐ相手方に伝わった。牧本が何も話さなくても、「ありがとう」と皆涙ぐんだ。そして、誰に強制されるでもなく、自らの力で更生の道を歩み始めるのだった。

牧本が一人立ちしてから一年後、陽子は役所を辞めた。学生時代から付き合いのあった男性と、長い春の末、結ばれたのだ。結婚したら家庭に納まるというのが、以前から陽子が思い描いていた未来だった。

結婚生活も十年が過ぎ、授かった二人の子どもも順調な成長を遂げていたある日、牧本が福祉課に異動になり、新しくできた「おみおくり係」の係長に抜擢されたことを、風の便りで知った。

おみおくり係というのは、孤独死した身寄りのない人々を弔《とむら》う部署なのだという。他人の気持ちに人一倍シンクロできる牧本なら、物故者の生前の思いに寄り添い、きちんと成仏できるよう最善を尽くしてくれるだろうと、陽子は思った。

13

「今が一番いい季節だな。暖かくなってきたし、湿気もないし」

養護施設のバルコニーで、牧本と車椅子に座った槍田は、新緑の香りを楽しんでいた。

「蕪木さん、河川敷でも有名人でしたよ。憧れの的だった千晶さんを独り占めしたから、みんな嫉妬してたって」

「分かるなー。なんでそんないい女と別れちまったんだか。馬鹿なやつだよな」

「最後は自分のほうから身を引いちゃうみたいですね」

スズメがチュンチュンと騒々しく群れをなして、上空を飛んで行った。

「あいつは惚れるというより、惚れられるタイプだから。それだけ執着も少ないのかもしれないいな」

「自分はモテるから、もっといい女を探すってことですか」

「いや。その逆だよ。自分みたいに気性が荒くて、喧嘩ばかりしてる人間が、果たしてこの女を幸せにできるのか？　この先俺とずっといても、不幸になるだけじゃないかって考えたからかもしれん」

「塔子さん——蕪木さんの娘は、結局なぜ父親が、母と自分を捨てたのか、最後までわからずじまいだったようです」

槍田は暫し沈黙し、考えている様子だった。

「蕪木が女房と子どもを捨てたのは、俺のせいのような気がする」

「えっ？」

「一度だけ、蕪木の家を訪ねたことがあるんだ。あいつが所帯を持ったのが嬉しくてさ。付き添いの人間に手伝ってもらって、なんとかやつの家に辿《たど》り着いたが、なかなか大変な道中だった。俺は何も見えないから、本当のところはよく分からねえが、他人から見た俺の姿ってのは、随分とみじめに映ってるんじゃないのか？　蕪木はそんな俺を見て、自分の幸せを手放したのかもしれん。そういうやつなんだよ、あいつは」

山間から強い風が吹き、牧本はぶるっと背筋を震わせた。西の空がオレンジ色に染まりかけている。気候がよくなったとはいえ、朝晩は相変わらず冷え込む。

「そろそろ中に入りましょう、風邪を引きますよ」

介護士が迎えに来た。

「俺も独り身なんだよ。こんなところにいなきゃ、あいつと似たような最後だろうな」

「その時はちゃんとわたしたちが見送ってあげます」

介護士が、車椅子を押しながら言う。

「葬式なんか挙げるなって言ってあるんだよ。こんなところで、親しくもない年寄りどもに見送ってもらうなんて、まっぴらごめんだ。死んだらすぐに燃やして、灰はその辺にばら撒《ま》いてくれりゃ、それでいい」

「そういうわけにもいかないでしょう」

若い介護士が、コロコロと笑った。


牧本が家で書き物をしていると、にゃ〜んとゴロッキがすり寄って来た。普段は呼んでも知らんぷりして不貞寝しているか、「何だよ?」とガンを飛ばしてくるのに、時々（かなり稀《まれ》だが）このように甘えてくる。

頭を撫《な》でてやりながら、そろそろ晩御飯をあげる時刻だな、と思っていると、表から赤ん坊が泣くような声が聞こえて来た。

否、赤ん坊ではない。盛りの付いた野良猫が、野太い鳴き声で求愛しているのだ。ゴロツキが尻尾をピンと立て、開いていた窓から表に飛び降りた。

「おい。ご飯だよ」

牧本の言うことなど聞いてやしない。ひたすら声の主を求め、走っていく。ゴロツキは喧嘩っ早いが、何故か雌猫《めすねこ》に人気がある。

以前みはるが言っていたことを思い出し、苦笑いしながら牧本はかぶりを振った。

「ゴロツキの方がぼくなんかより、ずっと蕪木さんに似てるよ」
書き物に戻った。書いているのは、蕪木の年代記である。

二十代
炭鉱に勤める。爆発事故から同僚の槍田を命がけで救う。その後退社。ホームレスとなる。不良からホームレスたちを守る。民生委員の千晶と知り合い結婚。塔子が生まれる。

三十代
養豚場で働く。槍田が訪ねて来る。妻子を捨て失踪。

四十代前半、中盤？
魚住食品工場で働く。同僚の平光が勤務中の事故で指を切断。これを機に雇用者側と交渉（かなり激しく）。労働環境が改善される。
漁港で食堂を営んでいたみはると知り合う。魚住食品を辞め、みはるの元に身を寄せる。

溺死者の尊厳を冒瀆《ぼうとく》した漁業組合長の息子を、鉄拳制裁。漁港に居づらくなり、みはるを捨て失踪。

みはるが蕪木との子ども（衣都）を出産。蕪木は衣都の存在を知らず。


四十代後半？

喧嘩が原因で警察署に留置される。身元引受人として千晶と塔子をリクエスト。この時、塔子は二十歳。誤解を解こうとするも決裂。以来塔子は蕪木に会っていない。

六十二歳
市営住宅で孤独死。

ここで牧本は一息ついた。

蕪木の輪郭がはっきりしてきた。牧本は再びペンを握った。

二十代の頃に職場で起きた大事故をきっかけに、人命の尊さ、儚《はかな》さを思い知り、同時に世に蔓延《まんえん》している合理的思想に疑問を持つようになる。

寡黙にして情熱的。

信念を曲げない生き方は、行く先々で衝突を生むが、済んでみればいずれも概《おおむ》ね好意的に解釈される。

異性に対しては、同性からは理解しがたい不思議な魅力を放つ。

多くの者から友人として、恩人として、恋人として長年愛される。本人もまた家族を生涯愛す。

「頑張った。頑張った」

牧本は独り言ちた。

ゴロツキが戻って来た。目当ての雌猫とはうまく行ったのだろうか。ゴロツキは、出されたキャットフードを、もの凄い勢いでガツガツ食べ始めた。

「そんなにがっついたら、お腹壊すぞ。ぼくがいなくなったら、お前餓死しちゃうんじゃないか」

笑いながらゴロツキの頭を小突くと、邪魔するなと言わんばかりに、指に食いついてきた。

＊

市営墓地の管理人は、牧本という男と一緒に霊園の坂を上っていた。

「墓地をお譲りになるということですか?」

牧本は頷いた。先日、この若さで墓地を購入しに来た時にはちょっと驚いたが、今度は買ったばかりの墓地を、他人に譲るのだという。

「親戚の方ですか」

「いえ、血縁関係はありません」

「血縁関係のない方に墓地をお譲りになるのですか?」

そんな話は聞いたことがない。

「はい。そうです」

牧本が無邪気に答える。

「ちなみに、どういったご関係の方ですか」

「それが、なかなか複雑でして」

「その方は承諾されているのですか」

いきなり墓地を貰って喜ぶ人間は、そう多くはないだろう。むしろ縁起が悪いから、いらないと拒否されるのではないか。

「その人は、すでに亡くなっているんです」

「では別の場所に埋葬されているんですね。お墓の引っ越しということですか」

「いえ……まだ埋葬されていません。その方のご遺族にお墓を譲ろうと思うんです」

「では、ご遺族の方が了承されたのですね」

「いえ、まだなんです」

墓地の新規分譲地に着いた。「牧本様」という立て札のところまで行くと、管理人は「本当にいいんですね？」と念を押した。

「はい」

管理人が立て札を引き抜いた。

牧本ができた穴を丁寧《ていねい》に踏み鳴らした。

＊

牧本は庄内署の神代に、蕪木の遺体を引き取る旨連絡した。

「遺族と連絡がついたんですか」

神代が尋ねた。

「ええ」

「彼らが遺体を引き取ってくれるんですか」

「いえ。違います」

「じゃあ、無縁仏ですね。せっかくここまで牧本さんがねばったのに、残念だなあ」

受話器の奥からため息が聞こえてきた。

「葬式は挙げます」

「そちらで？　誰か参列する人いるの？」

「案内状を書いてみます」

「だけど、誰も遺体を引き取りたがらないんでしょう」

難しいんじゃないかなー、と神代が続けた。

「まあ、ぼくら警察には関係ないんで。ご遺体、できるだけ早く取りに来てくださいね」

電話を切ると、今度は葬儀社の下林に連絡し、遺体の引き取りと葬儀の手配を願い出た。遺影には免許証の写真ではなく、槍田と一緒に写っている若い頃の写真を使用するよう指示した。

「さて、そろそろ店仕舞するか」

蕪木の件が一段落したので、牧本は担当から外される。不本意だが、局長の命令に逆らうわけにはいかない。

机に上がり、天井の「おみおくり係」の札を外して段ボール箱に入れた。女性清掃員が入ってきて、「お引っ越しですか？」と尋ねた。

「わかりません」と牧本が答えた。福祉局長の小野口や課長の和田からは、次の仕事について何も具体的なことを聞かされていない。公務員はめったなことではクビにできないから、閑職《かんしょく》に追い込んで、辞職するのをひたすら待つ腹積もりかもしれない。

女性清掃員は、一瞬気の毒そうな顔をしたものの、すぐ能面に戻り、掃除機をかけ始めた。

段ボールを抱え大部屋を出たが、牧本に注意を払う人間などいなかった。段ボールを物置に収納し、トイレに行こうと廊下を歩いていると、鞄《かばん》を提げて部屋から出てくる小野口を目撃した。こちらには気づいていない様子だった。

小野口が視界から消えるなり、牧本は左右を確認し、素早く局長室に侵入した。部屋の中を物色していると、棚の上にあるゴルフコンペの優勝カップが目についた。牧本はカップを手に取り、床に置いた。そして扉を振り返り、深呼吸すると、おもむろにズボンのチャックを下ろした。

牧本はカップの中にジョボジョボと放尿した。

飛び散った尿がまるで雨が降ったようにカーペットを汚したが、気にしなかった。かなりの量が膀胱《ぼうこう》に溜まっていたらしく、カップから溢《あふ》れる寸前で、ようやく止まった。

重くなったカップを棚に戻した。高さがある棚なので、よほどの高身長でない限りカップの中は覗けない。小野口は背が低かった。大事なカップの中に汚物が溜まっていることを、暫くは気づかないだろう。

ほくそ笑みながら、局長室を出た。人影があったので慌てて目を伏せ、速足で歩いた。

廊下の角を曲がったところで人とぶつかりそうになり、牧本は立ち止まった。先方も驚いたらしく「ごめんなさい」と頭を下げた。

塔子だった。

14

牧本という一風変わった市職員から電話がかかってきたのは、津森塔子が仏壇の前で、母に語りかけている最中のことだった。

両親もいない。兄弟もいない。夫も子どもも恋人もいない。天涯孤独な身の上故《ゆえ》、いずれ自分も父親のように孤独死してしまうのではないかと、恐怖に駆られていた。

「お母さん。やっぱりお父さんの遺体、引き取るべきかな。身内なんだから」

――あなたに任せるわ。それより、いい人はいないの？　まだ若いんだから。孤独死なんて考える年じゃないわよ。

母の声が聞こえたような気がした。

男運がいいほうではない。学生時代に付き合った男とは結婚も考えたが、二股どころか三股もかけられていたことを知り、別れた。次に出会った男も、浮気性だった。その次も。

男とは所詮《しょせん》、こういう生き物なんだと幻滅した。それからは男無しの生活が続いている。

――男が全員浮気性とは限らないわよ。

そうなのかもしれない。思えば自分が今まで付き合ってきた男は、皆同じタイプだった。口が達者で、空気を読めて、レディファーストを心得ている。つまり女慣れしているから、次から次へと女を漁りに行く。そのくせ、釣った女を束縛する。

彼らとはまったく違うタイプの男と親しくしてみるのも、いいかもしれない。例えば……そう、先日訪ねてきた牧本みたいな――と、ここまで考えていた時、電話が鳴った。

なんと当の牧本からだった。

「槍田さんにお会いして、お父様の若い頃の話を聞きました」

牧本が語り始めた。

「炭鉱を辞めた後は、暫くホームレスをしていて、そこでお母様と知り合ったようです」

そんな話は初めて聞いた。それにしてもよくそこまで調べたものだと、牧本の仕事熱心さに感服した。

「で、ここからが本題なのですが――」

近いうちに父の葬儀をするという。そればかりか、墓所まで用意してくれるらしい。

「役場って、そこまでしてくれるんですか？」

裏返った声で質問した。

「……はい」

「共同墓地とかじゃなくて？」

「いえ、違います。ご尊父だけのお墓です」

「わたし、そんなに税金払ってませんけど」

「大丈夫です」

細かい打ち合わせをしたいというので、仕事が休みの日に役場まで出向くことにした。

庄内市役所に着き、牧本の名を告げたが、誰もが首をかしげた。

「ああ……確か、おみおくり係とかいうあの人ね」

やっと気づいたらしい誰かが、福祉課の場所を教えてくれた。

廊下を曲がると人とぶつかりそうになった。牧本だった。なぜか鼻息が荒い。

「あっ、そっ、そうでした——打ち合わせでしたね」

こっち、こっちと、会議室ではなく、表の喫茶店に案内された。役場にはいたくないのだという。

テーブルに座るなり、牧本は図面を広げた。墓所のようだった。

「蕪木さんにとって嫌なことを思い出させるかもしれないんで、黒い石は止めたほうがいいと思うんです。石炭も黒いでしょう。ですからなるべく白っぽい、青葉みかげという石なんかどうかと。福島で採れる石材だそうです。きっとこの場所に映えると思います。ここには何本も桜の木がありまして、春にはすごくきれいなんです。ちょうどこの方向から朝陽が昇って——」

牧本は興奮した様子で話し続けた。ウェイトレスがやってきて「紅茶のお代わりはいかがですか？」と勧めても、まるで聞こえていない様子だった。

「ありがとう。大丈夫です。おいしかったです」

塔子が答えた。

それにしてもこの男はどうしてここまで、他人の埋葬に思い入れを持つのか。もしかして、これは役所の仕事というより、個人としてやっていることではないのか。ということは、提供される墓地というのは、市の資産ではなく、牧本個人の所有物ではないのか？

まさかね――と、大きな目の玉を剝き出し、口角泡を飛ばしながらしゃべりつづける男の顔をねっとりと見つめた。

「あっ、あの……さっきからわたし、しゃべり続けてますよね」

「えっ？　ああ――」

塔子は姿勢を正した。途中から話は、右の耳から左の耳に抜けていた。

「たまに止まらなくなっちゃうんです。黙ってほしい時は、遠慮なくおっしゃってください」

「黙ってください、って言うんですか？」

「いえ、それじゃ弱いですね。『うるさい！』とか『いい加減にしろ！』とか。よく言われるもんで、慣れてますから」

塔子が思わず噴き出した。

「言いませんよ、そんなこと」


二人は喫茶店を出て駅に向かって歩いた。

「苦労したんでしょうね……」

免許証を見ながら塔子が言う。写真に写っているのは、塔子の知らない、年老いた父親の姿だった。

「こんなに髪の毛が白くなって。頰《ほお》の肉も削《そ》げ落ちちゃって」

「でも、自分の好きなように生きられて、幸せだったんじゃないかって、そうおっしゃってた方もいましたよ」

牧本が言う。

「父のことを知る人に、たくさん会われたんでしょう」

「会いました。皆さまからお父さまとの思い出を、たくさん伺いました」

「迷惑かけてなければいいんですけど」

「実は、皆さまからの話を、文章でまとめてみたんですよ。今日は持ってきてないですが――後日郵送します」

程なく二人は駅に着いた。

「お葬式には来てくださるのですよね」

牧本に念を押された。

「もちろん、行きます。ここまでお世話になっているんですから。父も牧本さんのような人に見送っていただき、感謝していると思います」

列車到着のアナウンスがあった。

あっ、と思い出したように、牧本は釣りベストのポケットから何やら取り出した。

古びた携帯電話だった。

「約束しましたよね。お父様が写した白鳥の写真、お見せするって」

牧本が画像を呼び出した。

「小さっ」

思わず、叫んでしまった。ただでさえ小さい画面の端に、米粒のように写っている被写体。目を凝《こ》らすと、確かに白鳥である。一枚だけではなく、数枚ある。

「あの……さっきの件なんですけど——父の知り合いからのお話を、まとめたって言ってましたよね」

「はい」

「それ、郵送より、もしよろしければ、牧本さんの口から直接聞かせてください」

「そうですか、では——」

牧本が何やら早口でまくしたてたが、ギギギーときしめく列車のブレーキ音にかき消された。

「いえ、今じゃなくて、後日」

「はい？」

牧本も塔子の声が聞こえていない様子だった。

「もう一度お会いした時に、教えてください！」

ブレーキ音が止み、列車が停まった。ドアが開き、乗客がホームに降りてくる。

「いつにしましょうか？」

塔子が訊いた。

「え」

「父の話の続きです」

「え～と」

発車を告げるアナウンスがあったので、塔子は列車に飛び乗った。牧本はまだ答えてくれない。

「葬儀の後に、時間ありますか？」

ドアが閉まる寸前に、塔子が質した。

返事は聞こえなかった。

とはいえ、こちらが恥ずかしくなるほど大きな動作で、手を振っている牧本の笑顔を見て、答えは分かったも同然だった。

*

スキップしそうな足取りで、牧本は帰路に就いた。

途中、中古カメラ店の前で足を止め、ショウウィンドウの中を覗き込んだ。古い一眼レフを見ながら、こういうカメラで白鳥をフォーカスすれば、きれいに撮れるのではないかと、漠然《ばくぜん》と思った。そう思うと、いてもたってもいられず、牧本は店に入った。

応対に出た店員に、素人《しろうと》でも扱えるカメラはないかと尋ねた。店員はいくつかの一眼レフを紹介した。その中から一番値の張るものを手に取り「では、これをお願いします」と告げた。

店を出ると、たった今買ったばかりのカメラを箱から取り出し、首にぶら下げた。ファインダーを覗き込み、子どものようにはしゃぐ牧本を、道行く人々が不思議そうに振り返った。

赤信号で止まり、再びファインダーを覗くと、稲刈りの後の田んぼで、餌をついばむ白鳥が見えたような気がした。蕪木の携帯写真のような白い小さな点ではなく、塔子の家の写真で見た、大きくて逞《たくま》しく優雅な白鳥が、しきりに嘴《くちばし》を動かしている。

牧本は慌ててファインダーから目を外した。

目の前にあるのは、相変わらず赤信号の横断歩道と、行きかう車だけだった。

今一度ファインダーを覗き込んだ。やはり白鳥はそこにいる。シャッターを切ろうとした瞬間、白鳥は飛び立った。

ファインダーから目を離し、空を見あげるも、白鳥はいない。信号が赤から青に変わった。牧本は、これが最後とばかりにファインダーを覗きながら、横断歩道を渡った。

その刹那《せつな》――。

もの凄い衝撃音とともに、風景が消し飛んだ。

これまで牧本という男の、人となりをじっくりと見てきた。

彼が四十八歳という若さで墓所を購入した理由も、分かった。せっかく購入した墓地を、蕪木に譲ったのは、彼の生き様に感銘《かんめい》を受けたから？　おそらくそうだろう。

しかし、蕪木の娘が塔子でなかったら、ここまでの英断はなかったかもしれない。

父の話を聞かせて欲しい、と塔子に迫られた時、牧本は天にも昇る気分だったに違いない。

駅で塔子を見送ったすぐ後、中古の一眼レフを衝動買いしたのは、恐らく、白鳥好きの塔子に白鳥の写真をプレゼントしたかったからだろう。その想いが、ファインダーの中で具現化した。牧本はそこにいるはずもない白鳥を、確かに見たのだった。

しかし、それがこんな悲劇に繋《つな》がろうとは……。

＊

＊

＊

普段は青信号を「右を見て左を見て、また右を見て左を見て」渡るのに、この時ばかりは白鳥に気を取られ、牧本はそれを怠ったのだった。

交通課から神代に連絡があったのは、ちょうど、蕪木の遺体を引き取りに来た葬儀社の下林と歓談している時だった。

「何だって……！　嘘だろう」

横断歩道を渡っていた牧本が、信号を無視して交差点に突っ込んできた暴走車にはねられたという。病院に緊急搬送されたが、程なく牧本は息を引き取った。

訃報《ふほう》を下林に伝えると「そんな馬鹿な……」と絶句した。

「あの人が言ってたんですよ。自分が死んだら埋葬してくれって。あたしゃ鼻で笑って、『あんた、おれより若いじゃない。そんな簡単に死なないよ』って答えたんです。それがまさか……」

下林が目頭を押さえた。

車に追突され、アスファルトの地面に転がった牧本は、しばらく意識を保っていた。

「頑張った、頑張った……」

というオウムのコジローくんの声が、どこからともなく聞こえてきた。

――頑張った……いや、疲れた――本当に疲れた……。

塔子の顔が頭に浮かんだ。次に蕪木。そして蕪木の顔が、唐突にゴロッキの顔に変わった。

「……ごめんな、ゴロッキ。お前を看取ってやると言ったのに、どうやらできそうにない……」

そういえば、餌をやり忘れていた。

誰かゴロッキにご飯を上げてください。あいつは、もの凄く腹減らしなんです。

どうか、ご飯を、ゴロッキに……。

牧本はゆっくりと目を閉じた。


事故から数日経ち、蕪木の葬儀が執り行われた。

花に囲まれた祭壇の中央に、バックライトで輝く蕪木の遺影があった。槍田と一緒に写った若い頃の写真を、切り取り、拡大したものだ。

式場に最初に入って来たのは、喪服姿の塔子。塔子は祭壇をじっと見つめると、最前列に着席した。

続いて現れたのは、魚住食品の平光。若い遺影に感慨深げな表情を向け、後ろの目立たない席に座る。

介護士に車椅子を押され、槍田もやってきた。槍田はサングラスを外し、白濁した瞳で祭壇を一瞥《いちべつ》した。

みはると、赤ん坊を抱いた衣都、それに店の常連客である漁師たちも入って来た。後ろを振り返った塔子とみはるの目が合った。はっとなったみはるが頭を下げたので、みはるのことを知らない塔子も会釈を返した。

次に入ってきたのは、河川敷のホームレスたちだった。どこから調達したのか、皆寸法の合わないダークスーツに身を包んでいた。

僧侶が到着し、読経が始まった。

塔子がそわそわと落ち着きなく辺りを見回した。

牧本がいない。何か急な用事でもできたのだろうか?

牧本が、蕪木より一足先に荼毘に付されたことを、塔子は知る由もなかった。

棺桶を閉じる前に、参列者一同が最後のお別れをした。死に化粧をしても、尚も目立つ染みの浮き出た荒い肌に触れた時、塔子は堪え切れず嗚咽《おえつ》をもらした。「お父さん」と呼びながら紅涙《こうるい》を絞る塔子に、みはるがそっと近づき、その肩を抱いた。

式が終わり、遺体は火葬された。

骨上げが終わると、一同は霧雨の降る中、墓地に向け移動を始めた。牧本が手配してくれた墓所には、まだ墓石が立てられていない。「蕪木様」と書かれた札が立っているだけだった。一同は墓所の前に整列した。

「いいところじゃないか」

槍田が見えぬ目を遠くに向け、言った。

「そうですね」と介護士が同意する。

ホームレスと漁師たちも、眼下に広がる雄大な風景に目を細めていた。

「代わるわよ。重たいでしょう」

みはるが、塔子に手を差し伸べた。

「ありがとうございます」

塔子がみはるに骨壺を預けた。

赤ん坊がぐずり始めたので、衣都があやした。塔子が微笑んでも、赤ん坊が泣き止むことはなかった。

「元気な赤ちゃんね。いくつ？」

「五ヶ月です」

衣都が答えた。

と、その時視線を感じて、塔子は後ろを振り返った。坂の上から塔子たちを見下ろしている、喪服姿の男性と目が合った。塔子が会釈すると、男性もおずおずと頭を下げた。

神代は牧本の骨壺を抱えた下林と一緒に、霊園を上っていた。

「無縁墓地っていうのは、随分上にあるんですね」

早くも息が上がってきた神代が、下林に尋ねた。

「あともう少しだから、あんた若いし警察官なんだから、泣き言いってちゃダメでしょう。あたしなんか、もう六十だよ、六十」

荒い息を吐きながら、下林が答えた。

「ホラ、あそこだ」

前方に、無縁仏の塔と刻まれた大きな墓石が見えた。墓地にたどり着き、一息つくと、二人は墓石の扉を開け、中に入った。倉庫のような内部には、無数の遺骨があった。

「牧本さん、成仏してくれよ」

空いていた棚に納骨すると、神代と下林は合掌した。

牧本壮　男性　享年《きょうねん》四十八　庄内市役所職員

自分なりの生き様を貫いた男だった。蕪木孝一郎のように。

墓石を出ると、遠くから坂を上ってくる葬列が見えた。一番先頭にいるのは、骨壺を抱えた若い女性である。葬列は、無縁墓地より低い所にある墓所の前で止まった。

「ありゃ、牧本さんの墓だよ」

下林が言う。

「蕪木さんに譲ったって言ってた」

ということは、あれは蕪木の葬儀に参列した人々――。随分な数ではないか。

神代は坂を下って、葬列に近づいた。先ほど骨壺を持っていた女性が、突然こちらを振り向いたので、神代はぎこちなく会釈した。

「牧本さん。あなたの粘り勝ちですよ……」

天を見上げ、神代がつぶやいた。

霧雨が上がり、空には大きな虹がかかっていた。


この物語は、これで終わりではない。

神代と下林、それに塔子、みはる、衣都、槍田、平光、その他蕪木の葬儀に参列した面々が引き揚げた墓所では、まだ線香の煙がくすぶっていた。

と、いずこから、一人の老人が現れ、無縁墓地まで歩いて来た。長い白髪、そげた頬、鋭い眼光――。大柄な老人は、紛《まご》うことなき蕪木孝一郎その人だった。

蕪木は墓石の前で立ち止まった。そして暫《しば》し佇《たたず》むと、頭を垂れ合掌した。

蕪木に呼応するように、雨上がりの墓所に次々と人が集まって来た。性別も年齢も、服装の年代もまちまちの人々。農家の女性。小学校の校長先生。剣道の師範。プロペラ機のキャビンアテンダント。鋳物《いもの》工場の工員。真っ赤なドレス姿の女性。軍服を着た男性――。

いずれも牧本のアルバムに収められた人々――牧本がたった一人で見送った人々である。

彼らは次々に墓石の前で掌《てのひら》を合わせた。

こうして集まった大勢が、厳《おごそ》かに牧本を見送ったのだった。

この作品は映画『アイ・アム　まきもと』（原作／Uberto Pasolini「STILL LIFE」、脚本／倉持裕）の小説版として書下されました。

本作品はフィクションであり実在の個人・団体などとは一切関係がありません。

徳間文庫

アイ・アム　まきもと

2022年9月15日　初刷

脚本　倉《くら》持《もち》裕《ゆたか》
著者　黒《くろ》野《の》伸《しん》一《いち》
発行者　小宮英行
発行所　株式会社 徳間書店
東京都品川区上大崎三—一—一 〒141—8202
目黒セントラルスクエア
電話　編集〇三(五四〇三)四三四九
販売〇四九(二九三)五五二一
振替　〇〇一四〇—〇—四四三九二
印刷
製本　大日本印刷株式会社

ISBN978-4-19-894767-5　（乱丁、落丁本はお取りかえいたします）